OS SEGREDOS DE CIDA

MANOEL CARLOS DE CARVALHO

Capa e projeto gráfico: In Media Res Editora
Diagramação: In Media Res Editora
Revisão: In Media Res Editora

Dados Internacionais de Catalogação na Publicação (CIP)

C331s
Carvalho, Manoel Carlos
Os segredos de Cida / Manoel Carlos de Carvalho - 1ª edição - Nova Friburgo RJ:
In Media Res, 2019
140 p.
ISBN: 978-85-94016-11-9

1. Romance brasileiro I. Título

CDU 821.134.3(81)-3
CDD: 869.93

Educatoris Instituto de Educação Multidisciplinar Ltda
Rua Abdo Abi-Ramia, 81
28630-090 - Nova Friburgo – RJ
www.inmediares.com.br

OS SEGREDOS DE CIDA

Manoel Carlos de Carvalho

In Media Res

Romance
2019

Toda história tem início, meio e fim. Essa etapa de minha vida teve início num local incomum; meio, num palco fora da minha realidade, com cenários e locações inimagináveis, e fim num vazio que surgiu tão surpreendente e repentino quanto o início de tudo.

Para Cida

“Adeus, cinco letras que choram”

Embora já conhecesse em parte essa história, relatada durante nossos clássicos cafezinhos, tão logo comecei a mergulhar mais a fundo em *Os segredos de Cida*, a pedido de Manoel Carlos, para a honra de prefaciá-lo, os versos da música ressoaram insistentemente em minha memória: “Adeus, adeus, adeus, cinco letras que choram”.

Ao mesmo tempo, teimou em meu pensamento a questão: mas, afinal, qual a relação do samba-canção, celebrizado na década de 1940 na voz de Francisco Alves, com a narrativa que Manoel Carlos nos traz? Nem precisei recorrer a todos os versos da música, para descobrir:

“Num soluço de dor/ Adeus, adeus, adeus. / É como o fim de uma estrada/ Cortando a encruzilhada/ Ponto final de um romance de amor/...”

Tórridas paixões levam a desfechos por vezes sôfregos, deixando no ar aquela velha sensação de quero mais. No presente caso de amor, entretanto, Cida provocou muito mais do que saudosos sentimentos e um turbilhão de emoções: ela apresentou ao seu par outro mundo, o seu mundo, totalmente diverso da realidade de vida tranquila de classe média, em que ele até então vivia. Muito mais do que simples aventura amorosa, aquela enigmática e fogosa mulher seria um divisor de águas decisivo na vida de quem amadureceria ainda mais depois de uma bombástica experiência.

Por mais paradoxal que possa parecer, merece destaque a fé e o senso de responsabilidade de nosso protagonista que, ao evocar e não esquecer suas divindades e entidades protetoras, também não deixava “a peteca cair” em relação às suas obrigações de trabalho, mesmo diante de tentadoras fugas vespertinas para os fogosos abraços e beijos da encantadora e inesquecível Cida. Ainda como pano de fundo, a família, representada pelas filhas, às quais não se permitia privar de atenção.

As páginas seguintes são mais do que um convite. São uma proposta tentadora de penetrar o mundo de segredos, mas também de devaneios, enlevos e luxúrias de Cida, cujo nome — assim como amor e sexo — se escreve com quatro letras, mas representa também "adeus" com cinco letras "que choram"...

Achegue-se e adentre as próximas páginas. Confira com os próprios olhos, ouvidos, tato, olfato, paladar. Cida aguça todos os sentidos. Deguste sem moderação. Eu não me canso desse êxtase.

Girlan Guilland

"Quem parte tem os olhos rasos d'água/ Ao sentir a grande mágoa/
Por se despedir de alguém/ Quem fica, também fica chorando/
Com o coração penando/ Querendo partir também/
Adeus, adeus, adeus"

(Trecho de "Adeus, cinco letras que choram", de autoria de Silvino Neto – 1947)

PRIMEIRA PARTE

Capítulo um
O entorno

O ponto Cem Réis é uma localidade do bairro São Lourenço, próxima da região dos estaleiros da cidade de Niterói, conhecida pela concentração de oficinas mecânicas, serralherias, fábricas de bebedouros, transportadoras, distribuidoras de bebidas, lojas de autopeças e de material elétrico, botequins e pequenos restaurantes que oferecem pratos feitos para atender à expressiva concentração de trabalhadores das inúmeras empresas instaladas ali. Era um lugar que me impressionava muito pela movimentação que todo esse comércio causava e também porque as vagas para carros, caminhões e motos, ao longo do meio fio, já eram escassas, com o agravante de não existir ainda a profusão de estacionamentos privados que existem hoje.

O ponto era passagem obrigatória para quem chegava e saía de Niterói pela ponte ou pela Alameda São Boaventura. Era também via de acesso e saída da cidade para o interior do estado e para região dos lagos e, embora próximo do centro da cidade, carecia de cuidados como limpeza e manutenção de suas ruas cheias de buracos, e de suas calçadas destruídas que ofereciam grande perigo e desconforto para todos.

Era um lugar que transmitia grande sensação de insegurança, mesmo durante o dia. À noite, quando eu, volta e meia, passava pela rua principal, para cortar caminho ou fugir dos engarrafamentos, a sensação de insegurança era ainda maior. A escuridão costumeira, fruto da conservação inadequada da rede elétrica, cortava a iluminação de todo o bairro que já abrigava um número considerável de moradores, dando condições aos frequentadores do submundo de ali se estabelecerem de modo muito intimidador. Por causa disso, e com o comércio fechado, o movimento de pedestres era mínimo durante a noite, e os moradores não se arriscavam a sair depois de certa hora.

O contraste do movimento diurno e noturno era gritante.

De atrativo, o lugar tinha só uma igreja católica, a Igreja de São Lourenço, com pracinha repleta de árvores e jardim circundante, numa área mais elevada que a do nível da rua, o que a tornava mais visível e imponente. É assim que lembro dela, como um pequeno oásis em meio à aridez daquele bairro. Admirador de arte sacra e sempre disposto a usufruir de ambientes serenos, com energia positiva, lembro também de, sempre que passava por lá, ser tomado pela curiosidade de conhecer o seu interior. Apesar das oportunidades, jamais desfrutei dessa atmosfera que me atraía, sem saber ao certo por quê.

Talvez porque o Ponto Cem Réis, apesar de tudo o que já falei dele, estivesse próximo de fazer parte da minha vida e dar início a uma etapa importante dela.

Capítulo dois
O encontro

Era manhã daquele dia em que, junto com Mario, um colega de trabalho, fui a uma loja especializada em bombas d'água, no Ponto Cem Réis, para pegar um equipamento já encomendado e separado por telefone, aguardando apenas ser pago, pego e levado para o estaleiro. Tudo teria sido muito rápido, caso o balconista responsável pela venda não tivesse dado uma saída de meia hora para atender outro freguês. Apressados que éramos, ficamos desapontados por ter que esperar e decidimos aproveitar o tempo para dar uma volta pela calçada, olhar algumas lojas e pesquisar alguns equipamentos que pudessem vir a ser úteis em um futuro próximo. Tão entretidos ficamos olhando e pesquisando as vitrines, que o tempo foi passando sem que percebêssemos e, quando nos demos conta, vimos que tínhamos demorado demais. Corremos então à loja para finalmente pegar o equipamento, quando ficamos sabendo que o balconista que nos atenderia não somente já havia retornado, como saído novamente, desta vez, para o almoço. Decepcionados com nossa distração que nos imporia mais uma espera imprevista e indesejada, acabamos decidindo ficar por lá e também almoçar.

Saímos à procura de um restaurante. Apesar da oferta ser pequena e o padrão de qualidade desanimador, muito abaixo do nosso nível social e dos lugares a que estávamos acostumados a ir, tínhamos esperança de achar um local razoável. Fomos passando na frente de alguns, olhando um por um, vistoriando o ambiente, o aspecto físico, a arrumação, a limpeza. Nenhum deles nos agradou. Já estávamos desistindo de encontrar um lugar com o mínimo de qualidade, quando, continuando pela calçada, nos deparamos com uma plaquinha improvisada, desgastada pelo tempo, presa de forma grosseira com um arame enroscado num prego fixado numa porta que indicava uma pensão no piso superior de um sobrado. Parados em frente à entrada, olhamos para o seu interior e vimos uma escada antiga. As tábuas de madeira dos degraus e o corrimão mostravam-se muito gastos, o uso prolongado fazendo-se visível nas marcas do tempo e na falta de conservação. Sem dúvidas, essa imagem não era um bom cartão de visitas e não recomendava o consumo da comida servida ali. Sem tecer comentários, eu e meu colega ficamos nos entreolhando com um olhar indagativo: subir e fazer o reconhecimento do ambiente ou desistir e ir embora sem almoçar?

Sem proferirmos uma só palavra, como se tivéssemos conversado e decidido juntos, subimos lentamente a escada e, de degrau em degrau, alcançamos o salão da pensão. Era uma pensãozinha humilde, como já esperávamos, com meia dúzia de mesas, que funcionava naquele sobrado antigo, como tantos outros na rua. Tamanha era a fome e a falta de tempo naquele dia que, por falta de opção melhor, resolvemos almoçar um prato feito para ganhar tempo e voltar rápido para o estaleiro.

Olhamos em volta à procura de uma mesa vazia e nos dirigimos para a única disponível, perto da janela. Sentamos. A toalha chamou-me logo a atenção, estava bem lavada, limpa, contrastando com o aspecto geral do ambiente. Isso fez eu me sentir mais à vontade e confiante na comida que nos serviriam. Ainda em silêncio, sem trocarmos nenhum comentário a respeito do que estava acontecendo, talvez inconscientemente ainda avaliando todo o ambiente, fomos atendidos pela única garçonete que, simpática, nos recepcionou:

— Sejam bem-vindos!
— Obrigado. O que temos para comer e beber? — Meu amigo respondeu de imediato.
— Temos carne ensopada, frango e filé de peixe frito. Como acompanhamento, salada, feijão e arroz. Para beber, refrigerantes e cervejas.

Fizemos os nossos pedidos e, assim que a garçonete deu as costas em direção à cozinha, Mario comentou:

— Rapaz! Que deusa! Você reparou? Uma gata.
— Não, não reparei. Reparei apenas que ela fala bem, com desenvoltura.
— Você está cego, Manel? Uma moça muito bonita.

Achei graça do entusiasmo dele pela garçonete, e ficamos de piadinhas a respeito da pensão, tecendo críticas que logo foram amenizadas pelo súbito interesse do meu amigo pela moça. Embora continuássemos com os comentários, sempre focando no fato de estarmos em um lugar humilde demais em comparação ao nosso padrão, percebíamos também que havia ali certo charme e respeito.

Nossa conversa foi interrompida pela moça, que chegou com os braços estendidos para baixo, trazendo nossos refrigerantes em cada uma das mãos. Pela primeira vez olhei-a de fato, tentando ver nela toda a beleza que meu amigo havia visto. Diante de nós e de minha curiosidade, pude observá-la o bastante para concluir que era bonita sim, mas nada fora do comum.

Essa foi uma atitude espontânea. Eu mesmo não tinha notado o que tinha feito, a forma como a havia olhado. A ficha só caiu quando me peguei ponderando mentalmente a respeito daquele corpo de mulher diante dos meus olhos. Devo tê-la analisado com o meu jeito característico — dito por algumas mulheres com quem já me relacionei, como tão forte e penetrante que elas se sentiam despidas e desconcertadas diante dos meus olhares. Mas esse era o meu jeito natural de olhar e não havia nele nada de intencional. Diziam que eu percorria o corpo da pessoa que me interessava sem piscar, de cima a baixo, sem perder um só detalhe. Com esse jeito, acredito ter conquistado a maioria das mulheres com as quais me relacionei, embora, com aquela moça, não fosse essa a minha intenção. Digo isso porque percebi que ela ficou sem graça, como se tivesse encabulada, e saiu bruscamente da nossa mesa.

— Mario, não vi nada de excepcional não. É bonita, é educada, mas, repito, nada fora do comum.

Hoje, admito que, no momento em que a observei, não fui sensível aos seus encantos. Simplesmente a olhei e depois voltei minha atenção para o ambiente, percebendo tudo ao redor, principalmente (e mais uma vez) a simplicidade do lugar. Talvez o fato de ela estar com roupas muito simples, de baixo custo, tenha disfarçado a graciosidade de seu corpo. Sandália e vestido eram de gosto e valor muito popular. Aquela moça, em seu todo, era a própria imagem da simplicidade. Ela interagia com a simplicidade dos móveis, dos equipamentos, utensílios e cortinas que compunham o salão de refeições.

Na expectativa das refeições chegarem, eu e Mario

conversávamos trivialidades e observávamos o pequeno movimento de fregueses, todos trabalhadores com seus uniformes e macacões de empresas, que chegavam, almoçavam e iam embora pela escada carcomida pelo tempo. Nós também estávamos de macacões, eram nossos uniformes para inspeções a bordo das embarcações.

Apesar da nossa conversa, meu colega não tirava os olhos da garçonete, ele estava encantado com ela e não conseguia parar de fazer comentários a respeito de sua beleza, graça e outros predicados que descobria à medida que a admirava. Ela simplesmente o hipnotizara. Eu ouvia tudo sem concordar ou discordar, e os elogios que não cessavam, me faziam rir e me distrair.

— Amigo, assim você vai acabar casando com ela!

— Se ela quiser, caso agora mesmo e faço a velha proposta de casa, comida e roupa lavada.

Esse cara está ficando doido. Trocou duas palavras com a moça e apaixonou, pensei. *Deve estar muito carente mesmo.* Nossas conversas durante a espera renderam muitas risadas e descontração. Rimos muito porque eu compartilhava as minhas implicâncias e críticas à suposta beleza que, até aquele momento, só ele via e porque a fome precisava ser esquecida. O clima entre nós era de altíssimo astral, ele se apaixonando pela moça, e eu me divertindo com o entusiasmo dele por ela, tal qual um adolescente descobrindo o amor.

Passados uns dez minutos, nos demos conta de que a moça se aproximava com os pratos, e nos preparamos para recebê-los. Aproximamos as cadeiras da mesa e abrimos espaço entre os copos e garrafas para receber a comida. Já à mesa, quando a moça levantou um pouco o braço, para passar por cima do encosto de uma cadeira, eu pude ver o tamanho de sua mão espalmada no fundo da bandeja. Sem me dar conta de que poderia soar indelicado, exclamei, piadista que sou:

— Menina, que mão grande! Quase que você não nem precisava de bandeja! — E ri sozinho, pois ela me olhou com indignação e, sem responder, deu meia volta e se afastou com uma postura rígida, de quem tinha ficado aborrecida, e de quem não tinha achado a menor graça da minha piada. De cara senti que o clima ficou pesado e não dei sequência à brincadeira. Preferi também não comentar nada a respeito com meu amigo, e a conversa continuou entre nós como se nada tivesse acontecido. Pouco depois, quando a moça viu que havíamos acabado a refeição, ela voltou à mesa para oferecer a única sobremesa da casa: um pudim de leite condensado. Nesse momento, tentado ser mais simpático, rompi o silêncio perguntei: — Qual a sua idade?

— Dezoito. Por quê?

— Porque eu ia perguntar se você quer ser minha namorada, mas agora, sabendo a sua idade, acho que eu estou mais para ser seu avô do que seu namorado. — Mais uma vez ri sozinho. — Você precisa de um avô? — insisti, achando que estava sendo simpático.

Se antes ela parecera indignada, agora me olhava com uma expressão enfurecida:

— Eu não preciso de avô nenhum! — E, mais uma vez, deu as costas bruscamente e saiu batida para atender outras mesas.

Diante de minha expressão de quem não estava entendendo nada, meu colega, que parecia contrariado, me causou surpresa com sua fala:

— Manel.......porra, Manel! Ela parou na sua...

Eu fiquei pasmo com a afirmação dele e a contestei veementemente:

— Tá maluco, rapaz? Fui brincar com a menina e viu só no que deu? Ela me odeia. Viu a cara dela não? Saiu daqui cuspindo fogo. Não gostou nada das minhas piadinhas. Só faltava essa! Estar interessada em mim...

Mas meu amigo continuou contrariado e reagiu sem esconder sua decepção, afinal, ele ficara mesmo encantado com a moça e cismara que ela se interessara por mim. Que ele conhecia a reação das mulheres e que aquela raiva toda era em resposta a uma atração. Estava nervoso, agitado, se movimentava na cadeira com cara de infeliz. Eu não sabia dizer de onde ele tinha tirado aquela conclusão, muito menos em que teoria se baseava. Para mim, ele estava maluco. Nada acontecera para que eu acreditasse que o que dizia fosse verdade. Além do mais, o meu desinteresse era notório. *Será possível?* cheguei a pensar. Não. Não. Nada a ver. Eu estava seguro de que nada acontecia entre a garçonete e eu.

Num determinado momento, a moça saiu do nosso controle visual e nós, mais uma vez, nos demos conta de que tínhamos perdido o horário de novo — droga! — e nos apressamos para pedir a conta.

Quando a garçonete apresentou a conta, agradeci com simpatia pelo atendimento e afirmei que voltaria em breve. O tempero da casa era muito bom. Levantamos e íamos descer a escada para deixar o sobrado, quando, sem nenhum motivo consciente, me virei para trás e perguntei à moça, ainda de pé, no mesmo lugar:

— Qual o seu nome?

— Cida.

— Cida! — repeti.

— Sim, Cida.

Cida simplesmente não disse mais nada, mas o tom da sua voz foi ouvido pela minha alma. Foi um momento mágico em que uma sensação indescritível tomou conta de mim. Fiquei inerte como se tivesse sido hipnotizado. Olhando para ela, como se o tempo tivesse parado. Congelado por eternizados segundos. Com um toque firme no meu braço, meu amigo me trouxe de volta à realidade. Tentei disfarçar, mas continuei andando meio entorpecido, ainda em direção à escada, só que agora sem pressa e com os olhos fixos nos olhos da Cida, também presos aos meus.

— Manel.... A moça parou na sua, irmão! Você viu? Eu não disse? Você vai procurar por ela? — Meu amigo comentou, desnorteado, assim que chegamos à calçada.

— Não, meu irmão... Não vou e não vi nada do que você está falando. — Visivelmente amargurado, ele insistia no assunto. Cansado que eu já estava daquele assunto que parecia interminável e infundado, e sem ter consciência de tudo que ainda estaria por vir, virei pra ele e disse em tom firme e conclusivo:

– Mario, o caso é o seguinte: sou um homem casado, não tenho interesse por essa moça e menos interesse ainda em me expor a uma situação que possa criar problemas ao meu casamento. — Dito isso, um silêncio se apoderou de nós, levando-nos a percorrer toda a distância do estacionamento ao portão do estaleiro, sem trocarmos uma palavra ou um olhar sequer.

Claramente revoltado, meu amigo não aguentou e desabafou:

— Poxa, eu aqui, solteiro e sozinho. Encantado por ela, e ela escolhe você! Justo você que quer ignorá-la! É muito azar o meu.

— Volta lá e tenta falar com a moça. Você não está apaixonado por ela? Vá à luta, meu irmão.

Meu amigo me olhou com uma expressão de descontentamento. Se a frustração e a decepção eram visíveis naquele momento, a animosidade que se agravaria nos meses seguintes começava a brotar ali. Ele não conseguia esconder os sentimentos que o atormentavam. À tristeza e à desilusão que eram óbvias, percebi que uma pitada de raiva era acrescida. Na hora, não dei muita importância a nada disso, pois estava longe do meu entendimento tudo o que se iniciava, e o quanto se tornaria constrangedor para o meu amigo o fato de não ter sido correspondido pela moça do restaurante.

Retornamos à loja, pegamos a bomba e fomos para o estaleiro, como se nada de anormal tivesse acontecido. Pelo menos para mim, nada havia acontecido mesmo, exceto aquela troca de olhares entre mim e Cida, que me tocara a alma no momento, mas que já estava perdendo sua força.

No estaleiro, fomos direto para o almoxarifado entrar com a bomba no estoque, para logo requisitá-la e levá-la a bordo para iniciar sua instalação. Tudo transcorreu dentro dos procedimentos habituais, sem nenhuma anormalidade aparente.

Na manhã seguinte, fui direto ao encontro de Mario para planejarmos as tarefas do dia. Como era de costume, por causa da quantidade de inspeções rotineiras, estruturais e testes de funcionamento de equipamentos, era esperado que nos reuníssemos para traçar prioridades e procedimentos para cada atividade, antes de iniciarmos os trabalhos. Naquela manhã, porém, percebi que Mario estava seco, ríspido comigo e estranhei. Sem me dar conta do que poderia estar acontecendo, perguntei se estava tudo bem. A princípio, ele fingiu que não tinha ouvido e continuou agindo como se eu não estivesse presente. Me ignorou. Surpreso, repeti a pergunta num tom mais alto, de forma que eu tivesse certeza que ele havia me escutado, e aguardei a resposta. Evitando me encarar, como se a minha companhia não fosse mais do gosto dele, Mario me respondeu de forma fria e indiferente que estava tudo bem, não fosse uma pequena indisposição.

Quando a hora do almoço chegou, ele me perguntou timidamente se eu iria almoçar no estaleiro. Respondi que sim. Ao chegar ao refeitório, me servi normalmente e fui para mesa de sempre, ao encontro dos demais colegas.

A mesa comprida, com capacidade para 12 pessoas, já estava quase sem lugar vago quando me sentei e cumprimentei a todos no meu tom descontraído e brincalhão. Foi quando procurei pelo apaixonado — foi assim que passei a chamá-lo depois da ida à pensão —, para aproveitar o tempo do almoço e trocar ideias sobre as inspeções programadas para o turno da tarde, que vi que ele não estava à mesa. Um rápido olhar à volta e constatei a ausência dele também no refeitório. Por vestirmos macacões brancos, normalmente usados pelos fiscais do armador e Sunaman, e pelo macacão de Mario ser azul, seria fácil localizá-lo ou perceber sua falta.

Acabei de almoçar, fui direto para a embarcação e iniciei sozinho as inspeções. Passadas algumas horas, quase no final do expediente, Mario chegou e, sem falar nada, começou a trabalhar. Tentei puxar conversa com ele, mas, mais uma vez, ele continuou me evitando mesmo quando o assunto era o trabalho. Percebi, no entanto, que era receptivo com os outros colegas. O problema, então, era mesmo comigo.

Foi assim que, sem que eu me desse conta, Cida começou a influenciar minha vida. De inicio, abalando uma amizade; logo em seguida, mudando minha rotina de trabalho. Depois, chegando como um furacão, ameaçando minha estabilidade emocional, profissional e familiar. Fortes intempéries estavam por me ameaçar, e eu não me dava conta disso.

Capítulo três
O reencontro com Cida

Dois dias após minha primeira ida à pensão, precisei voltar ao comércio do Ponto Cem Réis em busca de peças para o meu carro. Dessa vez, aproveitei propositalmente o horário do almoço para não interferir no andamento das inspeções previstas para a tarde. Assim que cheguei, encontrei uma vaga na rua principal, bem em frente à igreja que fica do outro lado da rua. Na hora considerei muita sorte ter à minha disposição uma vaga tão bem localizada, próxima da loja que eu procurava. Fiz rapidamente a compra e, na volta para o carro, reparei que tinha estacionado também em frente à pensão de Cida. Fiquei um pouco surpreso com a coincidência e decidi aproveitar o tempo para almoçar de uma vez. Subi a escada desgastada pelo tempo, que agora não mais me chamava tanta atenção.

Sem a menor noção do que estava por acontecer, certifiquei-me de que a mesa junto à janela estava vazia e a ocupei, sentando-me de costas para o salão. Dessa forma não percebi a aproximação da Cida, que disse sorrindo:

— Você disse que voltaria e voltou, cumpriu a sua promessa.

Fiquei surpreso ao ouvir sua voz e me virei para cumprimentá-la. Não me lembrava que tinha combinado de voltar, fiquei um pouco sem graça, e não respondi. Foi então que a vi de verdade e reparei na beleza que meu amigo tanto havia falado. Fiquei parado, apenas olhando, impressionado com o seu sorriso. Sem que eu percebesse, baixei meu olhar para contemplá-la e me vi embevecido pela beleza exuberante que ela ostentava. Fiquei sem ação, preso ao sentimento que brotava e me deixava atônito. Era o efeito de uma emoção ainda não experimentada por mim, a reação de um homem que admirava e descobria uma linda mulher. Sim, porque desta vez não reparei em vestido, sapato, nem em nenhum adorno, tudo o que vi, involuntariamente, foi a beleza do seu rosto e os contornos do seu corpo.

Ela era um pouco mais baixa do que eu. Seus ombros eram bem alinhados com os quadris. Sua cintura proporcional ao conjunto, altura e massa corporal. Quando desci o olhar e me deparei com a silhueta de suas coxas, tive o meu primeiro vislumbre. Como se com uma visão de raio X, desnudei o contorno do seu corpo, posicionado entre a janela e minha mesa e, com a luz do sol passando através do tecido fino de seu vestido, senti despertarem juntos curiosidade e desejo.

Voltei à realidade quando ela, olhando para mim com um sorriso franco, comentou:

— Pensei que você não ia voltar.

— Eu disse que voltaria, não disse? — respondi, aproveitando o gancho e me sentindo embaraçado com essa atitude tão espontânea.

Dito isso, eu não sabia mais o que dizer. Fiquei me perguntando como eu não havia percebido o quanto ela era atraente e envolvente. Naquele momento, me senti sendo pego em uma armadilha. Uma armadilha perfeita que me capturou de forma arrasadora, sem chances de me libertar. Como um adolescente, me senti indefeso, no olho de um furacão. Meu coração palpitava em um ritmo alucinado, e eu não entendia o que estava acontecendo.

O encanto foi quebrado quando ela perguntou o que eu queria para o almoço. Saí do transe e olhei em volta, como se quisesse me situar.

— O de sempre — respondi, confuso, só depois me dando conta do ridículo de minha resposta. *Como o de sempre se aquela era a segunda vez eu ia ali?*

Cida achou graça na minha reação.

— Como conhece há pouco tempo o cardápio e o nosso espaço — disse ela, gesticulando de forma a abranger o ambiente — eu vou escolher por você. Pode deixar.

— Você pode almoçar comigo, aqui nesta mesa? Me fazer companhia? — perguntei, lépido.

Sem me responder, ela foi atender outra mesa, deixando-me curioso e ansioso. Queria saber se desfrutaria de sua companhia.

Fiquei sentado, olhando em direção à janela, com os pensamentos focados nela. Lembrei da insistência de Mario, afirmando que ela era muito bonita, e de minha discordância com ele. Depois lembrei de ele ainda ter dito que ela se interessara por mim. Comecei a ponderar se Mario não estaria certo. Agora que eu estava ali, queria muito que isso fosse verdade. Tinha que ser verdade. A essa altura, eu já não era mais senhor de mim.

Durante o tempo em que se afastou, Cida deixou seu sorriso em minha mente. O contorno de sua boca, sua dentição branca, perfeita, eram um convite para beijos apaixonantes. Também deixou a imagem do seu olhar. Olhos grandes e pretos, cílios longos que me fixaram a ela quando nos falamos de perto, à mesa.

Seu sorriso me embevecera a tal ponto, que eu mal conseguia conter a curiosidade sobre os outros atributos ainda por serem descobertos, admirados e desejados. Em minha imaginação, Cida se apresentava aos poucos, parte por parte, e eu me decidi que dedicaria o tempo que fosse necessário para conhecê-la.

De tão absorto eu estava nos meus pensamentos, não vi quando ela reapareceu e me serviu a refeição que escolhera. Enquanto eu verificava o que tinha em meu prato, ela rodeou a mesa e se colocou na minha frente.

— Aceito sim almoçar em sua companhia, mas aqui eu não posso. O dono não permite que eu acompanhe os fregueses.

— A que horas você deixa o trabalho? — perguntei, um tanto indeciso, temendo receber um não.

— Por volta das três horas.

— Ficarei te esperando — respondi, e ela, mais uma vez, se afastou sem responder, para atender outras mesas.

A falta de resposta seria um não? Comecei a almoçar na expectativa de ela aceitar o meu convite. Comecei também a prestar atenção nas conversas e na forma como os demais fregueses a olhavam. Passei a me incomodar e ficar enciumado, não estava gostando nada daquilo. Já me considerava dono dela. Eu a queria para mim e estaria pronto para brigar por ela.

Não sei relatar ao certo tudo o que passou pela minha cabeça e pelo meu coração durante esses poucos minutos em que almocei. Sei dizer que o que antes me parecera fantasioso e irreal agora se confirmava verdadeiro e me envolvia por completo.

O movimento acalmou um pouco, e Cida se aproximou novamente de minha mesa.

— Vamos sim, espere por mim. Vou tentar sair mais cedo.

Não a respondi com palavras. Apenas trocamos um olhar que expressava o interesse de um pelo outro, algo que ficou tão claramente entendido para mim, que, daquele momento para frente, passei a considerá-la minha mulher. Para o meu maior contentamento, a reciprocidade parecia verdadeira e notória.

Aturdido, me despedi, combinando o local em que a esperaria. Foram duas demoradas horas e meia de espera, as quais passei pensando nela. Tomado por uma ansiedade sufocante, eu temia que algo pudesse acontecer e impedir o nosso encontro. Comecei então a me antecipar a possíveis motivos que o impedissem, de forma a solucionar ou contornar qualquer situação. Eu estava com os nervos à flor da pele. De onde marcara para esperá-la, eu observava incessantemente a porta de saída da pensão, ávido por vê-la chegar.

A expectativa deu lugar a uma enxurrada de fortes emoções, quando constatei que era Cida que vinha em minha direção, exuberante, exibindo aquele mesmo sorriso que me afetara até a alma.

Com o coração disparado, abri a porta do carro para ela entrar. Ela sentou no banco do carona, sem que trocássemos uma só palavra. Quando vi que já estava acomodada, fechei a porta com todo o cuidado e gentileza. Ao contrário do que eu pensava, a presença dela não me acalmou, fiquei ainda mais tenso. Perplexo, não sabia o que fazer, não tinha para onde levá-la e nem assunto para conversar. Não havia pensado em nada a esse respeito. Estava em choque e não me importei com mais nada. Liguei o carro e fui em direção a Tribobó, subindo a Alameda São Boaventura. Mal o carro começou a andar, trocamos olhares e sorrisos. Finalmente fui me acalmando e percebendo que minha segurança e meu controle voltavam ao normal. Ensaiei puxar conversa, mas não consegui. Não podia ser um assunto qualquer, receava causar má impressão logo no primeiro programa juntos. Não podia acontecer nada de errado. Esse pensamento era uma constante e segurava o meu ímpeto de querer interagir com ela.

Eu dirigia para frente, sem saber para onde ir. Apesar de mais calmo e de conhecer muito bem toda aquela região, era evidente que eu ainda estava aturdido. Tudo aquilo era muito novo, e a verdade era a que eu não tinha a menor ideia de quem estava ao meu lado. Numa situação dessas, como saber o que fazer? Afinal de contas, nós nos conhecíamos há pouco mais de duas horas!

Sem pensar, ao passar em frente ao primeiro motel que avistei, joguei subitamente o carro para a pista de acesso à recepção, e me vi pegando a chave para uma suíte. Foi tão repentina esta minha atitude, que até eu mesmo fiquei surpreso. Além de infringir uma lei de trânsito, de dar seta para entrar à esquerda ou à direita, infringi uma lei básica de qualquer relacionamento: perguntar à pessoa ao lado se concordava com o que eu fazia. Por muita sorte, não provoquei nenhum acidente, apesar da grande movimentação do trânsito naquela via, e nem nenhuma reação brusca da parte de Cida.

Novamente nervoso e impressionado com o que eu havia acabado de fazer, parei o carro na garagem sem nem ao menos ver o nome do motel ou o rosto de minha acompanhante. Sem coragem de encará-la, um grande silêncio se fez presente.

— Então é assim? — Cida começou a falar. — Nós nem conversamos. Trocamos pouquíssimas palavras, meia dúzia, talvez. Nem nos apresentamos direito para nos conhecermos melhor, e você se atira loucamente para dentro de um motel sem nem ao menos me perguntar se eu queria?

— Se considerarmos o quando desejamos um ao outro, acho que não deveríamos perder um minuto sequer aqui nessa garagem — respondi. Nossa atração era tão latente, pensei, para que perder tempo? Além do mais, aquela mulher me seduzia de tal forma, que era como se ela estivesse me levando para lá e não o contrário.

Cida olhou-me profundamente nos olhos, pensou um pouco e disse:

— Espera. Você está mesmo tão interessado por mim, assim? Isso o que está falando, essa atração toda... é verdadeira?

A essa altura, com nossos olhares fixos um no outro, potencializando todos os sentimentos despertados desde o primeiro momento do nosso encontro, respondi que sim com a cabeça e, ainda olhando em seus olhos, peguei a mão dela e disse com convicção:

— Cida, desde que te encontrei hoje no almoço... eu não sei explicar bem como e por que, mas fui tomado por um turbilhão de emoções. Estamos aqui agora... nós dois, mas sou eu quem está totalmente entregue nas suas mãos, e não o contrário. Me sinto tão apaixonado por você, que podemos fazer o que você quiser. Podemos ir embora, ou podemos entrar. Tudo o que eu posso te dizer, porém, é que é muito grande a minha paixão e o meu desejo. E que essa paixão só tem uma cura: você.

— Eu pensei que era eu que estava louca, porque, desde quando eu te conheci na pensão, eu não paro de pensar em você. Isso nunca aconteceu comigo antes.... É muito louco o que estou sentindo por você.

Ao ouvir isso, puxei-a delicadamente para mim e a beijei no rosto. Depois, mais cuidadoso ainda, puxei seu queixo, aproximando sua boca tão desejada da minha, e nós nos beijamos apaixonadamente. Foi esse o beijo que selou a nossa paixão desenfreada, assim como foi esse o momento mais sublime do nosso relacionamento. O encontro de nossas almas.

Entramos para a suíte com a sensação de dois velhos apaixonados, cujos momentos não registraram nenhum traço de timidez ou de dúvidas. A nossa identificação foi plena. Não sei definir o quanto nos realizamos com a nossa entrega mútua e com as conversas que a cada momento nos enlaçavam mais. A confiança entre nós foi espontânea; a entrega de nossos corpos, sincera, natural. Uma entrega total, explosiva. Deliciamo-nos o tempo todo com uma troca de carinhos intermináveis. Falamos pouco, nossos corpos se entrelaçavam e falavam por nós. Descobri suas curvas, senti sua pele fervendo, colada à minha, trêmula de um prazer extasiante. Perdemos a noção do tempo, da realidade. Só nos importávamos com nós mesmos e com nossas descobertas.

Sua boca foi à porta de entrada para eu consumir todo o

seu corpo. Ao explorá-la delicadamente com meus lábios, experimentei sua textura, e o quanto ela era quente e voluptuosa. Foi um longo e delicioso beijo que precedeu muitos outros com uma intensidade e volúpia sem limites.

O ápice desse nosso primeiro encontro se deu quando, ao ajudá-la a se despir, desabotoei sua blusa e removi seu sutiã, expondo a delicada linha do contorno dos seus seios. Momento sublime. Minhas mãos acariciavam, enquanto meus olhos, fixos, transbordavam de ternura e de desejos desmedidos. Beijei seus seios. Foi um momento louco, muito louco. Passamos os minutos seguintes abraçados, sufocados pela pressão de um e outro, pelas nossas pernas cruzadas em nossas costas. Estávamos presos. Que delícia de beijos.

Ao final de tantas horas de ternura e prazer, deixamos o motel realizados, felizes e indiferentes ao que existia do lado de fora. Foi quando, de repente, a realidade nos atropelou e nós nos demos conta de que já era quase noite. O tempo passara sem que tivéssemos percebido. Fiquei preocupado por não ter voltado para o trabalho e mais ainda por não ter avisado à gerência que me ausentaria durante o expediente. Mais sério ainda, a essa hora eu também já deveria ter chegado em casa, onde era esperado ansiosamente pelas minhas filhas pequenas. A confusão me dominou, e todo o clima romântico do nosso encontro se dissipou, dando espaço para preocupações com a hora, com o trabalho, com a casa. Já passava das 19h e eu me vi sequestrado de um sonho, prisioneiro de minha realidade, de meus deveres, de meus compromissos, de minhas responsabilidades e do amor que sentia pela minha família. Minha cabeça ficou confusa, e muitas indagações brotaram compulsivamente me deixando sem respostas para nenhuma delas.

Com toda a minha atenção no volante, dirigi sem olhar para a Cida, como se nada tivesse acontecido entre nós, como se ela ainda fosse uma estranha. Para quebrar o silêncio, perguntei onde ela morava. Cida não me revelou o seu endereço, pediu apenas que a deixasse em um local próximo à pensão onde trabalhava. Não estranhei a resposta e fiz como me pediu. Ela desceu do carro como se nada tivesse acontecido entre nós, como se fôssemos dois estranhos novamente. Essa reação nossa me confundiu. Me senti como um náufrago que sobrevivera ao pisar nas areias de uma praia desconhecida, mas que ainda se sentia perdido.

À medida que eu me aproximava da minha residência, fui me lembrando de alguns assuntos que trocamos e um deles foi sobre o meu colega, Mario. Cida comentou que ele a procurara na pensão, na véspera, insistindo muito para namorar com ela. Pegou-a de surpresa, com declarações de amor, e implorou por uma oportunidade para demonstrar o quanto ele estava interessado. *Então foi por isso que ele não almoçou aquele dia no refeitório*, concluí. Cida contou que o desencorajou. Com simpatia e delicadeza, disse-lhe que se sentia honrada pelo que ouvira, mas que não correspondia aos seus sentimentos. Não sentia atração por ele. E (isso ela não disse) acreditava que eu a procuraria. Neste momento, lembrei-me do comportamento estranho dele, e entendi o porquê de ele ter mudado tanto comigo. Agora estava claro que Mario se apaixonara mesmo pela moça e que se sentia inseguro, rejeitado. Sua raiva por mim denunciava inveja, insegurança, ciúmes, baixa estima. Por tudo isso, mais claro ainda estava que eu havia perdido sua amizade.

No dia seguinte, a caminho do trabalho, passei pelo Ponto Cem Réis. Não era o meu percurso usual — a via que eu tomava era um pouco mais curta e mais rápida —, mas valeria a pena para eu ver Cida. Passei atento pelas ruas, cheguei a parar rapidamente em frente à pensão, mas não a vi. Uma frustração. Cheguei ao trabalho e entrei logo na rotina do dia, apesar das lembranças de Cida fervilharem em minha cabeça, tirando o foco do que eu precisava fazer. Naquele dia, era função minha trabalhar no desenvolvimento das inspeções estruturais e dos testes dos equipamentos. A todo instante, porém, eu olhava o relógio esperando ansiosamente pelo intervalo do almoço que, em pouco tempo, eu passaria a chamar de "a hora de Cida".

Fazendo o máximo para me concentrar, consultei o plano de inspeções e confirmei um teste de estanqueidade num tanque de fundo duplo de uma embarcação de médio porte. Era um rebocador. Atravessei apressado o píer principal em direção ao casco a ser testado e, pelo caminho, à medida que ia passando por embarcações que se aprontavam para as próximas inspeções, eu confirmava se elas estavam sendo finalizadas de acordo com o cronograma, para poder elaborar uma planilha de convocação dos fiscais. Era um trabalho importante e que requeria muita atenção.

Quando cheguei ao rebocador, verifiquei que a equipe de produção do estaleiro não estava presente para iniciar os testes e, como consequência, decidi que não perderia tempo esperando ninguém. Imediatamente, procurei na relação de inspeções para aquele dia algum teste ou inspeção que pudesse ser iniciado e concluído antes de minha saída para ver Cida. Dei sorte, havia uma inspeção visual de estrutura de porão de carga de uma balsa e, sem pestanejar, comecei o trabalho, me dirigindo ao encarregado da embarcação para solicitar os planos de construção e, com uma lanterna e alguns pedaços de giz, lancei-me ao trabalho.

Com toda a atenção possível e me contendo para não olhar mais para o relógio, conferi o posicionamento dos elementos estruturais. Observei o espaçamento e os reforços como borboletas, prumos, longarinas, vaus, hastilhas e cavernas. Em seguida, corri todos os cordões de solda e alinhamento dos elementos estruturais para verificar possíveis falhas e me certificar se estavam de acordo com o projeto e com todas as exigências das normas técnicas aplicadas. Fui extremamente rápido e eficaz, pois, apesar dos meus esforços, os ponteiros do relógio estavam implacáveis no seu avanço pelo tempo e eu não conseguia parar de olhar para o pulso, minuto a minuto. Por mais ansioso que eu estivesse, minha atenção estava razoavelmente dividida: uma parte para o controle do tempo e a outra para o trabalho em execução. O intervalo para o almoço passou a ser o meu divisor de águas. Até as 12h, minha dedicação era dividida com os meus afazeres no estaleiro, de 13h em diante, era toda para Cida.

Antes de tocar a sirene anunciando o Intervalo para o almoço, eu já estava pronto para sair. Meu gerente, ao me ver de roupa trocada, sem o macacão de trabalho, perguntou se eu ia demorar de novo na rua. Claramente, minha ausência no dia anterior fora notada. Respondi que não, iria apenas comprar uma peça para o meu carro e deveria voltar para almoçar no estaleiro. Essa observação do chefe, no entanto, me preocupou. Eu não podia abusar das minhas regalias. Ocupava um cargo de confiança e responsabilidade e não poderia deixar que meu romance com Cida atrapalhasse o meu trabalho, a confiança de meu chefe em mim. Eu não podia desapontá-lo.

De fato, minha intenção era mesmo a de uma visita rápida à Cida. Tomado pela vontade de vê-la, queria ao menos dar um oi, marcar presença e pronto. No fundo, acho que eu queria mesmo era confirmar que nosso encontro não fora um sonho, que ela era real. Naquele momento, bastaria vê-la sorrir e ouvir a sua voz.

— Está bem — respondeu o chefe. — Assim que você chegar, vamos preparar os procedimentos de testes para Petrobrás. Você sabe... é embarcação de grande porte e complexidade.

Concordei com ele, confirmei que não me demoraria e corri para a portaria do estaleiro com uma pressa incomum. Quando cheguei perto de meu carro, vi Mario, agora um concorrente, deixando o estaleiro também. Vê-lo ali me deixou em pânico. Logo achei que, assim como eu, poderia estar saindo para ver Cida. Não pensei duas vezes: entrei no carro e saí apressado do estacionamento para chegar a Cida antes dele. Agora, tratava-se de uma disputa por uma mulher, e eu não admitiria a possibilidade de perdê-la para quem quer que fosse.

O tempo todo fui pensando pelo trajeto: *Tenho que chegar primeiro. Ela é minha. Minha!* Com uma raiva crescente, fui me descontrolando e comecei a esbravejar dentro do carro: *Ela escolheu a mim! Não a ele. Ela é minha!*

Por sorte, encontrei uma vaga próxima à pensão e estacionei de qualquer maneira, deixando o carro meio enviesado, com uma das rodas traseiras sobre o meio-fio. Feito um louco, deixei o carro do jeito que estava e saí quase que correndo, para chegar primeiro e me assegurar da atenção de Cida. Naquele momento, não tive mais dúvidas: aquela moça me conquistara, e o que eu sentia por ela era uma paixão avassaladora que mudaria a minha vida por um curto período de tempo, e o meu jeito de ser para todo o sempre.

Capitulo quatro
O terceiro encontro

Cheguei à pensão ofegante, o rosto corado, e logo a localizei.

— Voltei! Tudo bem? — Ela sorriu, como se achando graça do meu comportamento quase infantil, e eu como se quisesse o seu consentimento para estar ali, de pé, admirando-a por completo. Olhei-a com tanta minúcia e atenção que, desta vez, reparei até em seus pés. Como era linda a mulher que me conquistara. E eu quis mais, muito mais. Havia muitos caminhos a percorrer em seu corpo. Muito amor e prazer a ser compartilhado e muito a conhecer de sua história, de sua personalidade.

Com um sorriso ainda mais radiante e mais linda ainda do que quando a conheci, Cida me recebeu com alegria.

— Sim. Claro que sim. E que bom te ver de novo. E com você? Tudo bem?

— Agora me sinto melhor — respondi prontamente, querendo falar mais, mas sem saber como articular as palavras.

Então um freguês solicitou atendimento, e o encanto daquele momento mágico foi quebrado. Sim, Cida era real, e a reciprocidade dos sentimentos era verdadeira. Eu não consegui tirar os olhos dela enquanto ela atendia as outras mesas, e ela não parava de olhar e sorrir para mim. Comecei a notar que éramos observados pelos fregueses, e fui para a mesa de frente à janela, ficando de costas para o salão. Se nosso envolvimento já ameaçava atrapalhar o meu trabalho, que, ao menos, não atrapalhasse o dela.

Assim que possível, fiz o meu pedido a outra moça que me atendeu e insisti na rapidez do serviço. Eu precisava mesmo voltar para o trabalho sem nenhum atraso. Como pedi, fui prontamente servido e me debrucei sobre o prato, devorando a comida sem saboreá-la. Eu não queria ir embora dali, queria ficar e esperar o final do expediente. Ter um novo encontro, ter Cida novamente em meus braços, tocá-la. Mas o trabalho me chamava. Como alternativa, sem saber se seria possível ou não, chamei-a baixinho, para que ninguém mais ouvisse.

— Quer me encontrar hoje, depois do seu expediente? — perguntei, e Cida concordou com a cabeça, sem titubear. Fiquei envaidecido. Pisquei para ela e combinei de pegá-la.

Paguei a conta e desci a escada buscando apoio no corrimão. O equilíbrio estava abalado de tão onírica e deslumbrante a possibilidade de estar novamente com ela no final do dia. Também me encheu de felicidade a certeza de que ela estava mesmo interessada em mim. Envolto numa alegria imensurável eu repetia em meus pensamentos: *Ela é minha! Minha!* E diante de tanta felicidade e euforia, o corrimão era a minha segurança física, a ligação com o real. Aquele não era um lugar apropriado para sonhar e saltitar, afinal de contas, e cair da escada não estava nos meus planos.

Voltei para o estaleiro são e salvo, feliz pela conquista daquela mulher, ou, melhor dizendo, por ter me permitido ser conquistado por ela. Voltei a trabalhar nos testes interrompidos antes da hora do almoço, quando, numa outra frente de trabalho a bordo de uma embarcação, escuto alguém me perguntar:

— Aconteceu alguma coisa, Manel? — Era o meu chefe que chegava com um dos nossos diretores para acompanhar a execução dos testes de equipamentos e estranhava meu olhar sonhador. Respondi com um meio sorriso e afastei-me um pouco de minha equipe, para dar atenção a ele e ao diretor, que faziam perguntas sobre os procedimentos, querendo entender um pouco do que estávamos fazendo.

A verdade era que eu estava mesmo aéreo, e isso não podia acontecer. Ter minha atenção dividida entre as etapas do trabalho e Cida aumentava o meu grau de distração e podia, por si só, criar uma situação de risco no trabalho. Agora que eu teria que dividir ainda mais minha atenção com a chefia e a diretoria, minha cabeça girava em rodamoinho, deixando-me ainda mais confuso. Aquela visita era importante, e eu precisava estar bem. Nada poderia acontecer que pudesse ameaçar o meu desempenho profissional e muito menos o meu encontro tão esperado com Cida no dia seguinte.

A presença do diretor começava a me perturbar e a me deixar tenso, quando, de repente, fomos alertados a deixar imediatamente a embarcação. Um acidente ocorrera durante a manobra de um rebocador e danificara o cais e a nau em que nós estávamos. De uma hora para a outra, toda a área estava sob diversas ameaças, principalmente de incêndio. Corremos para o local do acidente e constatamos que a avaria era significante e de prejuízo financeiro considerável para o estaleiro.

Uma manobra errada de atracação jogara a embarcação contra o cais e contra o casco de outra nau atracada e bem próxima. O impacto foi tão forte que provocou avarias que causariam inúmeros prejuízos à empresa. O estrago, no entanto, poderia ter sido bem maior, constatei, quando, após uma rápida avaliação, fiquei impressionado com a aglomeração de três dezenas de embarcações dispostas em carreiras ao longo do cais e do pátio de obras. Todas de forma aparentemente aleatórias.

A parte do cais parecia mais arrumada e ordenada do que a do pátio de obras. Havia inúmeros cabeços para manter os cascos já lançados ao mar atracados ao longo de seus dois lados. Muitos cabos e máquinas de solda. Cabos de energia elétrica, cabos de atracação e ampolas de oxiacetileno se espalhavam pelo chão e pelo espaço aéreo para atender as obras nas embarcações flutuantes. Para quem não está acostumado, é uma visão assustadora, parece uma grande bagunça, uma total desorganização que impressiona não somente as visitas, como até mesmo os funcionários em início de carreira. A verdade, porém, era que tudo ali era muito bem planejado e administrado.

Já no pátio, os labirintos formados entre os cascos, as paredes dos prédios, os galpões e as oficinas exigiam nossa total atenção no ir e vir pelos vários setores.

Quanto ao avanço nas construções da cada embarcação, elas obedeciam um cronograma que, a cada etapa da obra, exigia uma movimentação diferente. Cada caso era um caso, ora por causa do comprimento — exigiam um espaço maior para montagem dos berços — e ora pelo avanço da superestrutura, elas necessitavam de maior espaço aéreo.

As embarcações maiores eram montadas nas carreiras. Quando em condição de flutuação, eram lançadas ao mar para dar continuidade a sua construção e liberar espaços para se iniciar o próximo casco.

Estes eventos eram sempre festivos e contavam com a presença do Armador, dono da embarcação, e de autoridades da área da construção naval. As embarcações menores, quando o seu peso estava dentro da capacidade dos guindastes, eram movimentadas por eles e lançadas ao mar.

Olhando de cima, o estaleiro apresentava uma movimentação intensa de diferentes profissionais. Visto do plano, porém, parecia calmo, pois as próprias embarcações serviam de biombos e obstáculos para um e outro. Levando em consideração o calor, principalmente no verão, ali não era um ambiente agradável de se estar.

Alguns profissionais me impressionavam pela resistência e tenacidade. Os soldadores e maçariqueiros, por exemplo, suportavam o calor causticante com suas roupas de proteção pesadas, espessas e desconfortáveis, toucas, aventais, mangas, blusões e perneiras de raspa, mais as máscaras de proteção facial e visual. Se não bastasse, além de trajar todos esses EPIs — sem os quais corriam riscos de queimaduras profundas e insuportavelmente doloridas —, eles ainda passavam o expediente soldando, derretendo eletrodos, expondo-se a uma temperatura de aproximadamente 5000 C°, e aos respingos de materiais derretidos e flamejantes que se desprendiam em todas as direções. Muitas vezes, eles ficavam em ambientes insalubres, áreas confinadas, trabalhando apenas com ventilação forçada e iluminação artificial.

Por várias ocasiões eu me deixava levar pela minha imaginação e, ao cruzar com esses profissionais devidamente aparamentados — na maioria das vezes de pé, aguardando o momento certo para entrar em função — eu me sentia diante dos legendários guerreiros samurais. Uma diferença entre eles, porém, era marcante: enquanto os samurais usavam máscaras com expressões intimidadoras, ferozes, para amedrontar ainda mais os inimigos, era na hora em que os soldadores retiravam suas máscaras de proteção e as colocavam sob os braços apoiados na cintura, expondo seus semblantes pesados, exaustos e fatigados, que suas expressões carrancudas, forjadas pelo desgaste e cansaço, eram mais intimidadoras. Até hoje nutro grande respeito e admiração por esses profissionais.

Voltávamos da inspeção do acidente com o rebocador, para reiniciar os trabalhos interrompidos, quando me dei conta de que o meu encontro com a Cida estava comprometido por causa da paralisação do estaleiro. A parada obrigatória e o acúmulo de trabalho acarretaram num atraso no cronograma dos testes que estávamos realizando. Com isso, seríamos obrigados a fazer horas extras. Isso me deixou desnorteado. De forma alguma eu aceitaria adiar o meu encontro. Mesmo com a cabeça a mil e o meu emocional quase em erupção, eu precisava ser racional e buscar uma boa desculpa para justificar a minha saída antecipada do estaleiro. Caso contrário, eu não teria como avisar Cida que não poderia ir. Cheguei a imaginar qual seria a sua reação. Ficaria irritada, magoada comigo? *Não, isso não. Eu não poderia deixar nada disso acontecer.* E o tempo passava, e a hora mais esperada do dia se aproximava, e o meu desespero só aumentava, por não saber como solucionar o meu problema. Eu não podia me expor, não podia correr o risco de perder a confiança dos meus superiores. A situação era por demais tensa e delicada.

Rezei demais, fiz muitos pedidos e promessas para os meus protetores e pensei, grato por tantas graças já alcançadas: *Eles nunca me abandonaram. Não é agora que vão me abandonar.* Passados alguns minutos, o diretor voltou ao píer, nós nos encontramos e começamos a avaliar os prejuízos materiais e financeiros. De repente, talvez iluminado pela minha proteção divina, perguntei:

— Mas, o seguro vai cobrir tudo, não vai?
— Acho que não.

Surpreso, protestei veementemente, afirmando, que se a embarcação estava assegurada, o estaleiro tinha que reclamar o seguro.

— Vai ser difícil. Não temos quem faça esse trabalho. Inclusive já amargamos prejuízos com outras avarias, e ficou por isso mesmo.
— De jeito nenhum! — protestei e, na mesma hora, me coloquei à disposição para reclamar os direitos do estaleiro junto à seguradora. Eu tinha experiência para isso, afirmei. E bati na tecla de que o prejuízo seria alto demais e que justificaria, sim, recorrer para obter o ressarcimento dos custos referentes às obras de recuperação das partes danificadas.

O diretor me olhava pensativo, enquanto eu enfatizava o direito do estaleiro de recorrer à seguradora e, após algumas ponderações, começou a me dar razão. Pensava e ponderava. Ponderava e pensava. E o tempo corria. Esgotava-se. *Tenho que agir rápido*, pensei, *senão vou perder a hora. E não posso perder essa chance.* Cada vez mais tenso e angustiado com a demora do diretor em me dar uma definição e com a demora em deixar o estaleiro, passei para o ataque final:

— O senhor pode ficar tranquilo que eu vou conseguir esse ressarcimento o mais breve possível. E o valor final vai surpreender o senhor! Quando se faz um levantamento item por item, no final, somando tudo, é impressionante como o montante de um acidente aparentemente pequeno pode se tornar imenso, e muito significante financeiramente para o caixa da empresa.

Ele me olhou interessado, e eu continuei:

— Ao final, vou conseguir tanto dinheiro que até o custo do meu salário vai sair de graça para o estaleiro. Porque o montante que eu vou conseguir vai me pagar, ressarcir os custos das obras e, considerando que o estaleiro nunca reclamou o seguro de outras perdas, vai recuperar alguns desses prejuízos também.

Cada vez mais categórico, olhei firme em seus olhos:

— Se o senhor me autorizar, começo agora mesmo a desenvolver o trabalho para abrir o processo para seguradora. — Minha determinação não deixava dúvida alguma de que eu conseguiria recuperar aquele e outros acidentes antigos e, como um golpe final, arrematei: — O senhor fique confiante porque eu tenho vasta experiência nesta área, e vou conseguir tudo o que estou lhe dizendo.

Como se podia esperar, com a graça dos meus orixás, o diretor aceitou minha proposta. Agradecido pela confiança, me afastei correndo rumo ao meu setor, para comunicar a novidade ao meu chefe direto e dizer que eu acumularia mais essa função.

Essa atitude, além de me liberar das horas extras daquele dia, me deram também mais liberdade para entrar e sair da empresa a qualquer hora, e para eu me encontrar com Cida com mais frequência e facilidade.

A partir daí, comecei a traçar minha agenda, priorizando meus encontros e meus compromissos com o estaleiro, e me tornei o mais eficiente possível. A evolução do processo do seguro era acompanhada com relatórios e planilhas de custo, e as soluções eram apresentadas, discutidas e aprovadas semanalmente em reuniões com a chefia.

Passei a contar também com o apoio de outros colegas de trabalho que ajudavam na solução de problemas em áreas diversas e resolviam pepinos que normalmente exigiriam alguns dias para solucionar.

Quanto a Cida, sua rotina era fácil de administrar. A natureza do seu trabalho oferecia poucas possibilidades de imprevistos, e seus horários de entrada e de saída eram bem definidos.

Com tudo tão fácil de repente, eu preparava semanalmente as minhas atividades, compatibilizando os interesses profissionais e pessoais e evitando qualquer interferência em minha rotina familiar — feriados e finais de semana eram dedicados à filharada. Eram meus três mundos coexistindo em harmonia, comigo orquestrando a situação de forma a não gerar conflitos ou qualquer possibilidade de perda para nenhum dos lados. Abrir mão de qualquer uma das partes era impensável para mim. Eu não sentia a minha vida dividida, mas complementada com a participação de Cida. Eu estava feliz e queria continuar assim pelo tempo que me fosse permitido.

Capítulo cinco
Quem era Cida?

Assim que tive Cida ao meu lado, fomos direto para o primeiro motel que encontramos. Entramos na suíte e eu fiz questão de confirmar se a porta estava mesmo trancada, para que pudéssemos desfrutar de tudo com tranquilidade e paz. Em seguida, voltei-me para ela e, de um jeito muito carinhoso, fomos nos aconchegando um ao outro. Com os meus lábios, fui acariciando a pele do seu rosto e, em busca de sua boca, encontrei seu nariz, seus ouvidos, sua testa, suas faces e seu queixo. Quando nos beijamos, uma explosão de sensações prazerosas aconteceu.

Em deleite, beijei-a com ardor, buscando sentir a maciez e o calor de sua pele que ardia em contato com a minha. Acariciando todo o seu corpo com minhas mãos, fui despindo-a, deixando-a nua e entregue aos nossos desejos.

Ela simultaneamente me despia também para se alimentar do calor do meu corpo e deleitar-se no prazer que nossos encontros propiciavam.

Nesta segunda vez, senti mais a presença carnal de Cida. Vi-a e a senti-a como uma mulher que realmente me encantava, à medida que descobria cada detalhe de seu corpo. Apesar disso, ela pouco falava. Sempre que eu puxava conversa, ela era reticente, como se não desejasse que eu soubesse de sua vida. As poucas palavras que trocávamos eram as sussurradas nos ouvidos, aquelas que nos encorajavam a penetrar cada vez mais fundo nas profundezas de nossos corpos e de nossas almas.

Acontece que eu estava ansioso demais para saber quem ela era, onde morava. Se era comprometida, de alguma forma. Teria namorado? Já seria casada apesar de tão jovem? O fato de não saber quase nada de sua vida me deixava por demais curioso e inseguro. Por outro lado, eu também não queria forçar a barra. Se, até aquele momento, eu não tinha noção alguma de quem era aquela mulher que me conquistara, talvez houvesse motivos para tanta reserva. *Quais seriam?*, minha curiosidade perguntava. Se já éramos tão íntimos na cama, não deveria existir segredos entre nós! Sendo assim, por que não nos apresentarmos socialmente, e deixarmos de ser dois estranhos íntimos?

A cada dia, a minha curiosidade ficava mais aguçada para saber quem Cida era. Agora, mais do que calada, ela me parecia misteriosa. Eu brincava com ela, perguntando qual era o seu segredo e dizendo que temia um dia beijá-la e vê-la virar uma perereca ou descobrir que fora o meu beijo que a transformara na princesa que era. Eu fazia isso para tentar fazê-la falar, mas tudo o que eu recebia eram risos. Apaixonados que estávamos, nós ríamos de tudo. Eu um adolescente vivendo sua primeira grande paixão.

***

O tempo já havia avançado um pouco, a contar do início

do nosso relacionamento, quando, num momento em que eu menos esperava, Cida começou a falar. Estávamos na suíte de um motel, quando, aconchegada em meus braços, com o olhar fixo no espelho do teto, como se tivesse nos espiando, ela falou baixinho:

— Amor... Você não queria saber onde eu moro?
— Sim, quero. Onde mora e muito mais sobre você.
— Pois bem, eu vou te contar: moro num barraco, na favela Maverói.

Essa informação foi dita num tom de voz ainda desconhecido por mim. Não saiu natural, tive a sensação de que fora ensaiado, como uma impostação teatral, e devo ter respondido do mesmo jeito, pois, na verdade, foi um choque. O primeiro choque traumático com Cida. Fiquei surpreso, abalado, e respondi com a naturalidade que a situação permitiu.

Passados alguns minutos de plano silêncio, concluí que Cida tivera grande coragem para me revelar seu endereço e compreendi o porquê de seu dilema em falar sobre si. Considerando todas as possibilidades de eu acabar com o nosso relacionamento na hora em que a realidade conflitante fosse exposta ao meu julgamento, por causa de nossa grande diferença social, meu respeito por ela só cresceu ainda mais.

Então era isso, Cida, a mulher misteriosa de quem eu pouco sabia, tinha um endereço, e esse endereço era numa favela bem conhecida no bairro, na frente da qual eu passava diariamente a caminho do trabalho.

Ainda emudecidos, permanecemos docemente aconchegados. A nossa imagem no espelho do teto, em vez de refletir susto, choque ou decepção, refletia um sentimento de paz. Ficou claro, ali, que aquela revelação nada mudaria para mim.

Cida quebrou o silêncio perguntando se eu conhecia

a favela. Tinha a voz acanhada, como se estivesse envergonhada e com medo de perguntar. Respondi que sim, e, para descontrair, completei que gostei bastante do fato de ela morar na favela Maverói. A minha resposta desencadeou uma série de risos e brincadeiras, até uma nova pausa em que ela perguntou por que eu achava bom que ela morasse lá.

— Por dois grandes motivos, meu amor. Primeiro: agora que sei onde minha rainha mora, poderei pegá-la e levá-la de volta, sempre que sairmos. Segundo: poderia ser pior, imagine se você morasse numa favela distante, como nos morros de Alcântara, de São Gonçalo ou até mesmo no Rio? Seria uma tremenda mão-de-obra te encontrar. Eu teria que amar você muito mais do que já amo. — E, brincando, gritei: — Viva a Maverói!

Girando o corpo para o meu lado, Cida abraçou-me fortemente e, com um impulso com as pernas, posicionou-se em cima do meu corpo. Enquanto me apertava no seu abraço, com a cabeça ao lado da minha, me permitiu admirar a imagem de suas costas refletida no espelho do teto. O seu corpo, visto por esse ângulo, era formado por curvas suaves e proporcionais que realçavam a beleza do conjunto. Prazerosamente constatei que ela era bonita de todos os ângulos e em todas as posições.

Em reação à minha resposta, Cida falou também em tom de brincadeira:

— Uma feiticeira da favela te pegou! Você está enfeitiçado para sempre! Vou te cozinhar no meu caldeirão e jantar você todas as noites. — Falou assim e deu gargalhadas contagiantes, que me fizeram rir e gargalhar também. Essa era a forma mais espontânea que tínhamos de descarregar nossas emoções, o nosso contentamento. A satisfação de estarmos vivendo uma passagem das nossas vidas repleta de felicidade. Extasiado, não encontrei palavras para expressar o quanto era maravilhoso saber que as barreiras sociais não seriam empecilhos à nossa felicidade. Lembro-me de cada emoção, de cada reação, e de quanto foi gratificante ter construído e desfrutado de cada segundo daquele encontro.

Saímos do motel e, a caminho de sua casa, ao nos aproximarmos do bairro, ela me pediu que parasse em qualquer lugar da redondeza, não muito próximo da favela. Bastante surpreso, atendi o seu pedido sem contestar. Então ela me olhou com os olhos lagrimejantes, pegou minha mão e a beijou suavemente.

— Desculpe, meu amor, mas ainda não é hora de você ir à minha casa e nem de me deixar à porta. Por favor, procure entender, e não se aborreça por isso. Daqui a pouco, você vai acabar sabendo tudo a meu respeito.... Mas tem que ser assim, aos poucos. — Largou a minha mão, beijou minha face e minha boca: — Desculpe, meu amor......desculpe. — Cida então deixou o carro, com o olhar fixo no meu, e foi se afastando enquanto eu a acompanhava, mergulhado em questionamentos: *O que poderia ser agora? Me disse onde mora, mas não posso ir lá... Que tanta coisa esconde essa mulher?* Após alguns minutos parado dentro do carro, constatei que ela não agiria, assim, à toa. Deveria ter uma razão e, como ela própria me dissera, tudo teria o seu tempo. *Seja lá o que for, um dia, ela me confiará os seus segredos. Ou não.*

Capítulo seis
Minha ida à favela

Com muita insistência, após mais alguns encontros, convenci Cida de que eu estava preparado para conhecer o mundo dela e enfrentar os fantasmas que a atormentavam. Então, em uma das saídas dos nossos esconderijos, ela deixou que eu a levasse em casa. Havia, no entanto, uma condição: nós deixaríamos o carro a uma distância segura de sua casa e andaríamos separados até lá, como se fôssemos dois estranhos. Prometeu que depois me explicaria o porquê dessas medidas preventivas. Concordei e fui cauteloso, apesar de ávido para saber a razão de tanta preocupação e medo.

Ao nos aproximarmos da entrada da favela, ela diminuiu o passo e começou a olhar para todos os lados. A tensão aumentou e fez meu coração disparar. Quando dobrou à direita para entrar, Cida olhou para mim por cima do ombro, parecendo pedir que eu voltasse. Pude ver isso no brilho dos seus olhos e em seu rosto apreensivo. Ponderei, repassei mentalmente todas as orientações e conselhos que ela me dera sobre como me comportar diante da realidade que eu estava prestes a conhecer, e tomei a decisão de ir em frente e segui-la até o seu porto seguro. Acenei com a cabeça, sinalizando que estava tudo bem, e ela seguiu em frente, por uma passagem estreita até finalmente entrar em seu barraco.

Conforme combinamos, passei pela frente da casa dela, fingindo que não a conhecia, e fui direto a uma birosca, perguntar por um soldador que supostamente era morador dali. De imediato despertei suspeitas, e ninguém foi simpático comigo. Então me apresentei como um empreiteiro que estava à procura de mão de obra especializada e, aos poucos, o birosqueiro e um freguês debruçado sobre uma tábua que servia de balcão, com um copo de cerveja na mão, ficaram mais relaxados e passaram a me tratar com mais naturalidade.

Como fui convincente, eles acabaram acreditando que eu era mesmo um empresário atrás de um trabalhador. Pedi um refrigerante para ganhar um pouco de tempo e tentar registrar os detalhes das coisas que me rodeavam. Decidi que não entraria em pormenores, apenas ficaria mais um pouco ali para confirmar que Cida vivia num mundo à parte, muito diferente do meu, mas que parecia não ser o mundo dela também.

A imagem, a postura e a educação inerentes àquela moça tão jovem não eram compatíveis com a realidade da favela. Cida era diferente de todo aquele ambiente. Isso despertou em mim uma curiosidade ainda maior sobre ela, e que não me abandonaria tão cedo.

Seguindo o nosso combinado, me despedi do birosqueiro e do freguês e fui em direção à saída, observando tudo que estava ao alcance da minha vista. Pelo horário, por volta das 18 horas, julguei ter pouca circulação de pessoas e me surpreendi ao ver mais crianças do que adultos. Ao me aproximar novamente do barraco onde Cida morava e prestar atenção aos mínimos detalhes que aquele universo apresentava, meu coração disparou. O quanto deveria ser desconfortável, desagradável e desumano morar em tais condições. O lugar era pequeno demais, deveria medir cerca de $9m^2$. Sua altura estava fora de prumo. Porta e janelas eram desproporcionais e estavam fora de esquadro. As tábuas foram pregadas sem nenhum critério, ora se sobrepondo, ora encostadas uma na outra com uma peça mais estreita sobre as frestas deixadas por emendas irregulares. Uma verdadeira colcha de retalhos de tábuas de todos os tamanhos e formas. Essa fora uma medida tomada para garantir a privacidade dos moradores.

Quando olhei para o telhado, reparei que era feito de cacos dos mais variados materiais descartados em lixeiras. Eu estava diante de uma casa feita de peças pequenas, de refugo, em sua maioria. Não fosse um barraco, seria uma obra de arte moderna criada em mosaico.

A caminho do carro, um furacão tempestuava a minha mente a ponto de me impedir de organizar meus pensamentos e avaliar os resultados desta aventura. Eu deveria estar arrependido de ter constatado as diferenças entre nossas vidas, mas, na verdade, eu estava era surpreso e comovido ao ver como Cida, uma pessoa que me era muito especial, podia viver naquele ambiente, naquelas condições. O que poderia ter sido o fim, estava apenas começando e trazendo situações que eu teria que enfrentar sem que tivesse condições para isso.

Capítulo sete
Em casa

De volta à minha realidade, fui para casa e me vi sendo recebido efusivamente pelas minhas filhas, que se jogaram em meus braços, disputando o meu colo e me enchendo de beijos. Não era necessário competir, havia lugar para as duas, uma em cada braço. O maior desafio era a minha visão, uma vez que aqueles dois anjinhos levados viravam o meu rosto em direção ao delas, como se eu fosse de borracha, ao som de uma grande gritaria e de declarações de amor. Eu adorava esse momento do dia, me sentia amado e importante.

Quando a festa da minha chegada acabou, porém, fiquei à mercê de um sentimento até então desconhecido e que me deprimiu profundamente. O barraco da Cida era cerca de 30 vezes menor que a minha cobertura. O banheiro da minha suíte era maior do que toda a casa dela, que, por sua vez, não tinha banheiro. Aquela visita à favela me deixou muito abalado. Nunca as diferenças entre dois mundos tão antagônicos haviam me pegado assim. Senti que uma mudança brusca ocorreria em mim, a partir dali, e que as diferenças sociais que antes apenas me aborreciam, começaram a me inquietar e deixar confuso diante da minha realidade.

Interrompendo meus pensamentos, minhas filhas vieram me buscar para tomarmos um banho de piscina. Era verão, e o calor permitia que eu brincasse com elas, nos refrescando e molhando tudo ao redor. Neste dia, incorporei um palhaço e me joguei na água totalmente vestido. Elas ficaram perplexas. Riram e gargalharam. Não esperavam por aquela minha atitude. Quando perguntaram por que eu tinha feito isso, disse que estava com preguiça de trocar de roupa, e elas riram ainda mais. A farra continuou até que elas saíram da piscina e eu me vi só, de frente para a linda vista da baía de Guanabara. Foi então que me senti bem por poder oferecer aquele conforto à minha família, mas que também me perguntei por que ele e a beleza da vista que se descortinavam para mim não estavam ao alcance de todos. Qual a razão da disparidade entre as condições de vida das pessoas? Começavam ali as mudanças provocadas pela visita à favela e por uma não aceitação minha da realidade da Cida. Mais do que uma não aceitação eu sentia um paradoxo. A favela contrastava em muito com o nível cultural dela. Cida me passava a impressão de ter tido uma boa formação escolar. Falava um português excelente, tinha um comportamento adequado de quem teve acesso a bons e variados ambientes sociais. Como adquirira tudo isso e acabara morando em uma favela?

A resposta não veio, mas, em seu lugar vieram duas meninas sapecas, que pularam vestidas dentro da piscina. Felizes por me surpreenderem ao me imitar, a alegria das minhas filhas fez com que eu resistisse à tristeza que ameaçava tomar conta de mim.

***

No estaleiro, me envolvi direto com as tarefas do dia, mergulhei de cabeça no trabalho, me dedicando ao máximo aos procedimentos dos testes e inspeções. Talvez fosse uma tentativa de me preservar e evitar as lembranças chocantes de onde Cida morava. Logo cedo, a caminho do trabalho, mesmo sem saber o que pensava ver, resolvi passar pela entrada da favela. As descobertas do dia anterior ainda me chocavam. A imagem da vida dura de Cida não me saía da cabeça, assim como a certeza de que ela não pertencia ao meu mundo, o que me dava um medo muito grande de ver terminado o nosso idílio. A hora do almoço chegou, e eu não havia ainda decidido se almoçaria na pensão.

A caminho do refeitório, encontrei o meu gerente, que elogiou o andamento do processo do seguro, dizendo acreditar no resultado desejado. Aquilo me lembrou da razão que me levara a assumir a negociação com a seguradora e serviu como tentação para me encontrar com Cida e externar todas as minhas dúvidas em relação à continuidade do nosso relacionamento. Aproveitando o elogio, eu disse ao gerente que iria de barcas a Brasil Resseguros S/A, do outro lado da baía de Guanabara, mas que, antes, faria uma parada para almoçar. Ele me surpreendeu perguntando o endereço da seguradora. Respondi de imediato que era no centro do Rio, mas, se ele quisesse o endereço completo, eu levaria ao escritório dele após o almoço. Fui objetivo e contundente, mas passei por uma saia justa, porque, até aquela data, eu não tinha ido uma vez sequer ao escritório da empresa, mesmo que tivesse usado "reuniões com os técnicos da seguradora" como justificativa para minhas saídas durante o expediente. A verdade era que o processo da embarcação avariada que eu apresentava para a gerência do estaleiro era de minha autoria. Eu trabalhava com total dedicação e afirmava que a equipe da seguradora estava me auxiliando, para ganhar tempo e para o ressarcimento ser mais rápido. Agora, com o questionamento quanto ao endereço, para não correr riscos desnecessários de ser desmascarado, resolvi que faria a visita técnica, de fato. E naquele mesmo dia.

Sempre que eu me lembrava do oportunismo que me fizera criar essa estratégia de defender o estaleiro junto à seguradora para me encontrar com Cida, um sorriso maroto brotava, massageando o meu ego. É claro que eu havia pesquisado como elaborar um processo para reclamar direitos a uma empresa de seguros e dera entrada na documentação necessária para todo o ressarcimento. Apenas agora eu teria que ter mais cuidado.

Almocei no próprio estaleiro e saí em direção às barcas, sem pensar em tomar outro rumo. Quando me aproximei do Ponto Cem Réis, porém, fui atraído para a pensão como se fosse pela força de um imã. Em poucos minutos, eu estava subindo as escadas que me levavam à Cida. Ela estava de costa e não me viu chegar. Fui direto para a mesa da janela — que parecia estar sempre reservada para mim — e me sentei à espera de seu atendimento. Quando ela se deparou comigo, ficou surpresa e veio sorrindo como sempre. Pedi um pedaço de pudim e um refrigerante para justificar a minha presença. Ela deu as costas e foi providenciar o pedido, como se fôssemos dois estranhos. De minha parte, não manifestei nenhuma reação que demonstrasse nosso afeto ou a intimidade que nos unia. Menos ainda que deixasse transparecer qualquer sinal de um ontem revelador, que eu preferia esquecido, apagado da minha memória.

Nós dois sabíamos que a visita à favela, na véspera, fora uma experiência que impactaria nosso relacionamento. E eu também sabia que o rumo de nossas vidas estava prestes a se definir nos próximos minutos. Cida voltou com o meu pedido em uma bandeja. De brincadeira, para aliviar a tensão, comentei:

— Que mão grande, menina! — E, em seguida: — Precisa de um avô?

Cida olhou-me graciosamente:

— Sim. Aceito, se o meu avô for você.

Desnorteado, surpreso com a resposta, minha reação foi de querer abraçá-la. Por estar em seu ambiente de trabalho, contive-me. Permaneci em silêncio, olhando em seus olhos, até que sussurrei:

— Amanhã vamos nos encontrar no mesmo lugar e na mesma hora. — Ela respondeu que sim e foi atender outros clientes enquanto eu comia o pudim e tomava o refrigerante, observando-a transitar sorridente entre as mesas, servindo a todos. Naquele momento, ficara claro para mim que as nossas realidades divergentes não nos afastariam. Que continuaríamos a nos querer mais e mais.

Minutos depois, entre sorrisos e acenos suaves, imperceptíveis aos demais fregueses, mas captados e retribuídos por Cida, desci as escadas e deixei a pensão. Depois dessa visita relâmpago, saí apressadamente e me dirigi às barcas.

Capítulo oito
Novas revelações

Cheguei ao centro do Rio de Janeiro, localizei a sede da seguradora e, sem maiores dificuldades, conheci as pessoas certas para me orientar. O resultado foi tão bom, que passei a me reunir com eles até duas vezes por semana. O andamento do processo foi sentido na rapidez e na exatidão com que os dados do acidente foram levantados e também no valor solicitado para ressarcimento, o que surpreendeu a todos, menos a mim, que já o havia previsto e garantido anteriormente. Com a qualidade dos relatórios, não só meu conceito subiu junto à gerência e à diretoria do estaleiro, como minha autonomia aumentou e o meu tempo disponível para encontrar Cida dobrou.

No dia seguinte, passei toda a manhã focado no trabalho para adiantar tudo, de forma a evitar que a minha ausência fosse notada. No intervalo do almoço, atualizei a análise dos itens de custos das planilhas, deixei para almoçar na pensão e depois aguardar a saída de Cida do sobrado. Ao chegar lá, sentei à mesma mesa, embora dessa vez mais escondido, atrás de uma pilastra, também de frente para a janela, para ver o tempo passar.

Ao final do expediente, com a aceitação de Cida, fomos direto para um motel, na Rodovia Amaral Peixoto. O dia estava muito quente, e como eu estava cansado e suado, convidei-a para um banho de hidromassagem ao ar livre. Esse era um conforto a mais que o estabelecimento oferecia aos seus hóspedes.

Na curtição da banheira, rompi a aparente tranquilidade entre nós e comentei sobre a minha ida à favela. Como era evidente que não queríamos tocar neste assunto, pelo menos naquele momento, ficamos um pouco tensos e desconfortáveis. Mas a necessidade de deixar claro que nada mudara para mim desde que eu conhecera o bairro em que morava me obrigou a confirmar o meu interesse por ela. Em reação, Cida aconchegou-se demoradamente nos meus braços e, aos poucos, fomos nos entregando aos múltiplos prazeres dos nossos carinhos.

Ainda entorpecidos por nosso afeto, toquei novamente no assunto de minha visita à favela:

— Há quanto tempo você mora lá?

— Não sei, tenho que fazer as contas. — Cida respondeu laconicamente.

— Então faça as contas, porque eu quero saber — disse em tom autoritário, olhando fixo para ela.

– Por que quer saber, agora? — Ela me perguntou demonstrando-se um pouco contrariada e surpreendida.

— Porque sim, Cida. Porque eu preciso saber tudo a seu respeito. Você é muito importante para mim — respondi seguro de minhas intenções.

Durante o tempo em que ficamos em silêncio, imaginei o que haveria de tão sério em sua história, que eu não deveria saber. Então aconcheguei-a ainda mais ao meu corpo e, com o dorso da mão, acariciei seu rosto, seu pescoço, seus ombros. Depois fui descendo para o resto de seu corpo, que correspondia aos meus carinhos com arrepios, suaves gemidos e doces sussurros que pediam mais e mais carícias. Embora nossa atração fosse devastadora e a cada encontro ficasse mais claro o quanto nos desejávamos, ainda me faltava ganhar mais um pouco da confiança dela. O que estava me torturando e pondo à prova a minha paciência.

Cida desligou a hidromassagem para ficarmos em silêncio, deitou a cabeça no meu ombro e, em um tom de confessionário, começou a narrar a sua vida desde o começo.

— A minha mãe era empregada doméstica que trabalhava para uma família numa cobertura na Praia de Icaraí. Um dia, na ausência da esposa e dos filhos, o patrão invadiu o seu quarto e abusou dela. Nove meses depois eu cheguei a esse mundo. A minha mãe, analfabeta e sem ter a quem recorrer, foi obrigada a se submeter às fraquezas do patrão. Ela disse que eu fui concebida logo na primeira vez em que ocorreu o abuso e que ela morria de vergonha da esposa dele, a ponto de chorar todas as noites em seu quarto. Disse que era um martírio com data marcada. Ela começava a se recolher para descansar nos finais de semana, quando a esposa e os filhos iam para o sítio, e o abuso perdurava até a família retornar.

"Ela não tinha muito o que fazer porque, pobre de origem, e vinda do interior do Ceará, estava sozinha no mundo e não tinha com quem contar. Para não ir para a rua, era obrigada a se sujeitar às investidas insistentes e constantes do patrão que, sempre que a oportunidade favorecia, ia ao seu quarto e a abusava de novo.

"O sofrimento e o constrangimento causado pela presença da esposa no dia a dia, só aumentava, e ela chegou a pensar em suicídio. Quando a minha mãe me contava detalhes dessa história, ela se esvaia em lágrimas de tristeza e vergonha. Foi uma época muito cruel, muito difícil para ela". Cida fez uma pausa, como se para pegar fôlego.

— Coitada da minha mãe. Grávida, sem nenhum recurso para poder mudar dali, ela passava por uma situação desesperadora. Fugir para bem longe de tudo e de todos, era o sonho impossível dela.

"Ela dizia que enquanto o patrão se "deliciava" no calor do corpo, ela padecia. Que era uma tortura ter que se sujeitar às carícias, às fantasias e às taras daquele homem que vibrava a cada gemido de dor dela. Essa sensação de impotência a amargurava profundamente, e suas forças se esvaíram em pouco tempo. Sem mais condições de continuar a lutar, seu conformismo deu início a um doloroso processo de definhar, deixando-a só pele e osso. Até hoje eu sinto que essas lembranças ainda estão vivas na memória dela e que a torturam incessantemente sem piedade. A dores dessas lembranças são suas companheiras inseparáveis."

A expressão de tristeza de Cida era tão grande, que me comoveu profundamente. Seu sorriso deu lugar a lágrimas que ela não teve forças para conter e eu, de tão chocado com tudo que ouvira, cheguei ao ponto de me arrepender de ter insistido tanto em saber de sua vida.

Consternado, eu só pensava como poderia mudar aquele clima tão pesado e triste que nos envolvia. Sem saber o que fazer, apertei-a ainda mais contra o meu peito e beijei-a com muita ternura. Eu não sabia mesmo o que mais fazer para recuperarmos o nosso equilíbrio emocional e afastar aquele péssimo estado de espírito. Em questão de minutos, nossos corpos esfriaram e perdemos a magia do toque. Com poucas palavras, nos despedimos, demos como encerrado mais um dos nossos encontros e deixamos o motel em direção à casa de Cida.

Próximo da favela, ela pediu para ir a pé a partir dali. Concordei. Parei o carro, e nos despedimos rápida e verbalmente, como sempre fazíamos. *O que mais será que ela tem a me contar?*, pensei. *Qual o motivo de nos escondermos tanto? Será que agora ela vai me apresentar à mãe dela?* Os questionamentos tomaram conta da minha cabeça a ponto de me tirarem a atenção do trânsito e me fazerem cometer algumas barbeiragens. Depois de tudo que ouvi, penalizado e chocado, fiquei ainda mais curioso do que estava para saber tudo sobre Cida. Agora que ela começara a se abrir comigo, restaria ter paciência e persistência para conhecer todos os seus segredos. Eu apenas não fazia ideia do que ainda viria pela frente.

Apesar do momento inoportuno, em meio à conversa que havíamos tido, mais uma coisa me atormentava: percebi que os meus gastos tinham crescido muito com a rotina dos encontros em motéis, com as despesas com refeições e bebidas, e também com a manutenção do carro e o consumo de gasolina, que praticamente dobrara. Essa constatação fez aumentar a minha preocupação com os nossos futuros encontros e sobre o que fazer para não ter que diminuir sua frequência. Para mim, só havia duas alternativas: diminuir os gastos no âmbito geral ou arrumar uma renda extra que cobrisse todos os novos custos. Se o meu relacionamento com Cida tinha gerado um desequilíbrio nas minhas finanças, a ponto de comprometer a minha estabilidade financeira, essa seria uma questão sobre a qual eu teria que pensar profundamente a respeito. Resolver se assumiria ou não minha namorada. Diminuir nossos encontros era uma possibilidade que me deixava triste e consternado. E eu não a aceitaria de braços cruzados.

A história de sua mãe me comovera profundamente. A tristeza de seu relato atingira o limite da minha resistência e penetrara fundo no meu coração. Sensibilizado, pensei no quanto a vida era extremamente dura para algumas pessoas.

Ocorreu-me também que, até então, eu não havia reparado no quanto eram simplórias as roupas e as sandálias que Cida usava diariamente. Fiquei perplexo com essas observações, uma vez que eu só tinha olhos para a pessoa. Aquela simplicidade no vestir mostrava o estado de pobreza absoluta do qual ela era prisioneira. No meu imaginário, projetei-a de pé, de frente para mim, calçando uma sandalinha de dedo desgastada e uma vestimenta pobre, acinzentada, sem vida, carcomida e desbotada. Em contraste, via-a com a cabeça exuberante, ostentando um sorriso radiante de alegria. Esbanjando charme e sensualidade. Era assim a Cida que eu estava desvendando. A primeira, sofrida, pobre e sem esperança. A segunda, alegre, com uma luz própria, esbanjando simpatia, alegria, honestidade, inteligência e preparo. Sim, Cida tinha uma postura franca, honesta, atraente. Era feita de luz. Aos meus olhos, sua pobreza material era ofuscada pela riqueza de seu espirito.

Capítulo nove
Sofrimento extremo

Os dias se passavam, e todos os meus sentidos continuavam focados na mesma mulher. Eu mantinha a rotina: ia de casa para o estaleiro, do estaleiro para o Ponto Cem Réis, de lá para os motéis, e então para a minha residência. Terminava minhas tarefas em tempo recorde, para dar conta de tudo, e chegava em casa quase sempre no horário habitual.

Neste dia em especial, fui pegar Cida para irmos a um motel diferente, um bem famoso na época, em que as suítes tinham nome das músicas do Rei Roberto Carlos: *Emoções*, *Café da manhã*, *Detalhes* e outras mais. Entramos na suíte *Detalhes* e passamos a tarde toda nos amando ao som de famosas composições musicais. O auge do encontro deu-se quando, embevecido pela música, saí da cama e, de pé à sua frente, a convidei para dançar. Cida levantou-se e veio ao meu encontro, seu corpo esbanjando sensualidade, charme e beleza. Nos abraçamos no ritmo romântico das melodias. De olhos fechados, nos deixamos levar pelos nossos sonhos. Embalados pela poesia das letras românticas e pelo calor dos nossos corpos, ocupamos todo o espaço vago da suíte com passos e rodopios sincronizados pela cadência da música. Com nossas cabeças lado a lado, viradas em direções opostas, pude admirá-la e desejá-la por uma perspectiva ainda não conhecida por mim. Quando abri meus olhos e contemplei nossos corpos dançantes e nus refletidos nos espelhos, foi encantador. Ver seu corpo ondulando-se em movimentos suaves e sensuais era afrodisíaco. Então chamei sua atenção para o espetáculo de dança que se passava nos espelhos, como se numa tela de TV, e começamos a nos observar e a tecer comentários hilariantes sobre um e outro, que nos arrancaram risos e gargalhadas. Foram momentos de grande humor, até que a volúpia novamente aflorou e correu por nossa pele, aguçando nossos sentidos e fazendo fervilhar o sabor do néctar da nossa paixão. Estávamos novamente dominados pela febre do desejo de nos entregar por completo.

Realizados, nos aconchegamos um ao outro, e demos início àquele papinho depois do sexo, com pequenos comentários e assuntos que foram surgindo naturalmente. Um desses assuntos era uma curiosidade minha a respeito da educação e preparo dela, que não condiziam com sua condição social.

— Qual a sua escolaridade? — perguntei.

Ela pensou um pouco antes de me responder.

— Faltou pouco para completar o científico.

Comentei que o fato de ela se expressar muito bem e ter ótimo domínio do português conflitava com seu status social. Elogiei seu nível intelectual e disse que sua desenvoltura era peculiar de pessoas que haviam tido um berço mais favorecido pelo destino.

— Eu sei... é que, apesar das dificuldades que você conhece, tive a sorte de frequentar ótimos colégios. Enquanto foi possível — respondeu ela.

— Frequentar bons colégio? Onde? — perguntei, surpreso com o paradoxo.

Ela então se ajeitou melhor ao meu lado e começou a narrar algumas passagens de sua infância.

— A minha mãe me teve e continuou trabalhando e morando na cobertura dos patrões dela. Se por um lado foi muito ruim, por outro foi muito bom, porque eu pude ter boa alimentação, atenção de todos os lados, e pude também interagir com os filhos dos patrões. Para a conveniência da patroa, para não atrapalhar o trabalho da minha mãe, fui matriculada numa escolinha que preparava crianças para a alfabetização. Então, além da casa ter um ambiente intelectual excelente, eu ainda cursava a escola que contava com uma equipe de professoras rígidos, daqueles que puxavam pela nossa capacidade. Bem, isso até o dia em que a casa caiu, porque a patroa descobriu que eu era filha do marido dela, e, assim sendo, meia irmã dos filhos dos dois.

"Segundo a minha mãe me contou, foi uma guerra. O nosso mundo virou de cabeça para baixo. Foi como cair do céu direto no inferno. No máximo de uma hora, estávamos as duas com nossos pertences enfiados em sacolas e nossas roupas numa mala velha. Quanto às minhas bonecas e brinquedos, eu só pude levar as velhas porque as mais novas e mais caras ficaram para os meus meios-irmãos. Dessa forma, expulsos da família e da cobertura, ficamos à mercê da sorte. O desespero da minha mãe teve um efeito avassalador na sua alma e nunca mais ela se recuperou dos traumas desta tormenta.

"Atiradas na calçada da Praia de Icaraí, sem saber para onde ir e sem ninguém para recorrer, para poder pedir ajuda ou gritar por socorro, nós ficamos ali por horas, totalmente perdidas. Lembro que a minha mãe se manteve firme e em nenhum momento demonstrou insegurança e nem medo. Talvez para não me assustar ainda mais.

"Ainda no apartamento, eu tinha presenciado todo o desenrolar da briga da patroa com o marido, e dela com a minha mãe. A patroa estava possessa, envergonhada, revoltada, e descarregava todo o seu ódio mais em cima da minha mãe, do que do marido. Acusava minha mãe de ter provocado e seduzido o seu homem e nada havia que a minha mãe pudesse fazer para mudar essa situação. O patrão, claro, calou-se covardemente, deixou que a esposa dominasse a situação e determinasse a nossa sentença."

Cida continuava desabafando, e eu ouvindo atentamente cada palavra sua.

— Foram momentos angustiantes. Apesar da minha idade, eu entendia que algo muito grave estava acontecendo e fui tomada de terror. Temi pelo pior, mas sem saber pelo quê. Na minha frente, a minha mãe passava por uma humilhação sem limites. Caiu sobre ela toda a responsabilidade do acontecido. A patroa se sentia ultrajada, ameaçada pela situação que se armara com o meu nascimento. Para ela, agora, eu era uma ameaça sem precedentes, um desastre para toda a família. Um problema social, financeiro e de estabilidade familiar. Lembro-me sempre das cenas daquele momento avassalador em nossas vidas. Às vezes, me pego pensando que, se eu não tivesse nascido, toda aquela tristeza, angústia e sofrimento não teria acontecido, mesmo que o patrão tivesse sido desmascarado. Essa é a minha cruz, que carrego desde então.

Após um breve silêncio, Cida voltou a falar.

— Eu era criança na época, acho que ia completar 6 anos, mas já entendia muitas coisas. Apareceu alguém conhecido da minha mãe, que comentou a respeito da favela Maverói, bem pertinho de Icaraí, e da possibilidade de a gente se instalar lá, até as coisas melhorarem. Sem outra opção, fomos para lá. Anos depois, a minha mãe comentou que a grande preocupação dela, era de virar mendiga e ter que morar na rua pedindo esmola. Ter ido para a favela, acredite, foi muita sorte.

À essa altura, minha cabeça girava descontroladamente. Eu não sabia como deveria agir com Cida. Ela era forte demais para necessitar de consolo e humana demais para resistir às lembranças amargas sem um apoio, uma palavra de carinho. Comovido pela história, dei um beijo em sua testa, voltei a apoiar a minha cabeça no travesseiro e, ainda desconcertado, pronunciei baixinho:

— É difícil de acreditar — desabafei. — Difícil suportar tanto sofrimento.

Ela reagiu ao meu desabafo:

— Tem mais, amor. Não termina aí não. Eu não me lembro da primeira, da segunda, da terceira ou da quarta noite que passamos na favela, e muito menos de como e de que jeito, mas sei que ficamos expostas a tudo. Não tínhamos um teto e nem paredes para nos proteger do tempo e muito menos das maldades humanas. Minha mãe nunca comentou comigo como ela pagou pelos favores que nos possibilitaram dormir e nos alimentar, nos primeiros tempos. Só sei que ela não media sacrifícios para garantir que sobrevivêssemos um dia após o outro, nem que isso custasse a sua dignidade. O pior era que, apesar de ser uma excelente cozinheira, ela não tinha como procurar emprego porque precisava tomar conta de mim. Não tinha com quem me deixar e muito menos podia me levar com ela para o trabalho. Também não tinha dinheiro para passagem e nem roupa para se apresentar nas entrevistas. A aparência dela era de uma mendiga, descabelada e raquítica. A nossa dura realidade a consumia, ela não tinha chance alguma de se empregar. Enfim, nós estávamos presas àquelas circunstâncias, como se com grilhões invisíveis que nos mantinham reféns da vida naquela favela.

"Éramos pessoas estranhas na comunidade, coexistindo num meio hostil e diferente dos nossos costumes. Foram muitos os desafios que ela enfrentava diariamente. Não me recordo de como superamos essas dificuldades mas sei que a adaptação até que foi rápida, embora a aceitação tenha sido demorada. A nossa sobrevivência custava muito caro à saúde física, mental e moral da minha mãe. Ela chorava todas as noites e muitas vezes durante o dia também. A máscara da infelicidade escondeu o rosto que sempre me contava histórias e me olhava com ternura. Essas feições, até hoje, estão vivas na minha memória. É uma parte do meu passado que jamais esquecerei.

"Tenho uma dívida impagável com a minha mãe. Sobrevivi até a adolescência, sem contribuir com nenhum centavo. Ela assumiu todos os ônus cobrados para a gente sobreviver naquele lugar, que parecia o inferno para nós. Ela me protegia até com a própria vida, e a sua determinação em evitar que as maldades corriqueiras me atingissem foi tão grande e persistente, que eu parecia invisível aos olhos dos marginais, dos desequilibrados, dos pedófilos e de outros degenerados da vizinhança. Graças à tenacidade da minha mãe, eu convivi durante anos em meio a todas essas aberrações humanas, sem ter sido molestada. Até que, um dia, o impensável me aconteceu. "

Cida parou de falar e olhou para mim.

— Como essa passagem diz respeito somente a mim, eu prefiro não te contar agora. Quando eu estiver disposta a te contar eu contarei. Até lá, por favor, não insista. Respeite minha vontade.

Contundente demais para ser contrariada, dei um pequeno aceno de cabeça e concordei.

— Passados alguns anos, o meu pai foi nos procurar e, quando eu o vi, reconheci-o de imediato. Senti um misto de tristeza, alegria e medo, o que me emudeceu. Tudo de ruim que nos acontecera no dia da nossa expulsão de seu apartamento, era culpa dele e me aterrorizou. Fiquei com tanto medo que corri para me esconder. Não queria falar com ele, mesmo que, no fundo, eu desejasse que estivesse ali para me abraçar, me chamar de filha e nos levar de volta. Ou pelo menos nos tirar daquelas condições insuportáveis.

"Enquanto eu me escondia, ele e a minha mãe conversaram muito. Ele se retirou sem nenhum contato comigo. Eu me mantive escondida até a hora em que ele foi embora. Ressabiada e curiosa para saber o que ele queria, fui falar com a minha mãe que, ao me ver, se ajoelhou e me abraçou, chorando muito. Comecei a chorar também, compulsivamente. Já associara a imagem dele à desgraça anunciada. Como a minha mãe não se acalmava e não pronunciava uma só palavra, a minha imaginação começou a trabalhar, mas, por mais que eu pensasse em coisas ruins, nada chegava aos pés do sofrimento que já estávamos suportando. Permanecemos assim por um bom tempo. Aos poucos, ela foi relaxando os abraços e passou a acariciar os meus cabelos, meu rosto e meus ombros, como se estivesse se despedindo de mim. Fiquei impressionada com a ternura e intensidade dos seus carinhos. Não me lembrava de ter recebido tanto afeto em toques tão suaves como aqueles. Minha reação foi a de retribuir acariciando o rosto dela também.

"Recuperada, minha mãe me contou o que estava por acontecer nas nossas vidas. Soluçando, disse que estávamos prestes a nos separar por um longo período de tempo, mas não me disse por quê. Neste momento, perdi o chão. Na minha cabeça, eu já não tinha nada, e agora estava ameaçada de perder a única coisa que era verdadeiramente importante para mim. Abracei-a com tanta força que foi preciso a ajuda de vizinhos para soltar os meus braços que quase asfixiavam minha mãe. Foi terrível, não tenho palavras para descrever a minha dor, o meu desespero. Comecei a sentir um ódio profundo pelo meu pai. *Ele não tem o direito de continuar nos causando tanto sofrimento*, pensei. *Se ele voltar aqui, vou fugir com a minha mãe para outra favela.* Isso era tudo que eu poderia fazer para nos defender de mais maldades do meu pai. ”

O relato da Cida, como sempre, me comoveu profundamente. Eu sentia um misto de emoção, indignação e revolta e não sabia como expressar. Eu me colocava no lugar delas, sentia suas dores, sofrimentos e a infelicidade que as rondava. Principalmente o sofrimento de sua mãe.

Em seguida, tracei um paralelo entre nossas vidas. Eu, morando numa cobertura com piscina, no Campo de São Bento; ela na favela Maverói. Agradeci a Deus pela vida que eu podia proporcionar às minhas filhas e pedi a Ele que abençoasse a vida de Cida.

O silêncio tomou conta do ambiente, e os sons quase inaudíveis das músicas de Roberto Carlos tornaram-se nosso único conforto.

Deixando o motel, embora nossas vidas corressem lado a lado, sentíamos que, em algum momento, nossos mundos distantes e antagônicos nos separariam. Não imaginávamos quando, quanto tempo nosso relacionamento ainda duraria, mas sentíamos isso como uma verdade, por mais dolorida que fosse.

Mais uma vez também me preocupei com o aumento de minhas despesas e de que forma eu iria solucionar a falta de recursos. Pensar nisso foi terrível, estávamos acostumados a 3 ou 4 encontros semanais, e não queríamos diminuir a frequência.

De volta ao estaleiro, me ocorreu uma ideia que parecia justa e viável: um aumento de salário. Corri à sala do gerente e conversei com ele, justificando para isso, o acúmulo de funções como a defesa dos acidentes junto à seguradora.

O gerente, porém, disse que seria difícil aprovar o meu pedido, pois o processo ainda não havia sido concluído e, consequentemente, não havia nenhum resultado prático que justificasse o aumento. Em outras palavras: eu continuaria recebendo o mesmo salário que era compatível com a minha função. Fingi concordar, mas saí furioso do escritório dele. Voltei para a minha mesa, liguei para o técnico da seguradora e lhe pedi para sondar quanto tempo ainda levaria para o processo ser aprovado e o estaleiro ressarcido pelo seguro. Ele me respondeu que, após a entrega dos relatórios, se não houvesse discordâncias entre as partes, cerca de trinta dias. Quer dizer, se eu apresentasse os valores dos bens materiais e serviços com presteza e precisão, seria relativamente rápido. Diante disso, fiquei mais preocupado ainda com a probabilidade de uma demora não prevista e marquei uma reunião na seguradora para uma avaliação prévia do que eu já havia realizado. A reunião foi excelente, ela aprovou o que estava feito e ainda me deu mais algumas dicas de serviços que não estavam sendo computados, mas que poderiam ser aceitos.

No dia seguinte, mergulhado no levantamento dos custos dos serviços, me ocorreu que eu poderia também cobrar um recebimento pelo meu trabalho de consultoria. Liguei para o técnico da seguradora e ele respondeu que sim, que este era um item previsto nos processos de ressarcimento desta natureza. Voltei a sonhar com a possibilidade de aumento salarial, procurei mais uma vez o meu gerente e, com muito tato, expliquei detalhadamente que a solução para o meu aumento já estava resolvida e paga. Não pelo estaleiro, mas sim pela seguradora, como forma de ressarcimento pelo meu trabalho de consultoria para a elaboração do processo. Dessa vez, o chefe achou justo e concordou. Restava agora arrumar notas fiscais para legalizar essa prestação de serviços, uma vez que eu não tinha uma empresa para emiti-las.

Não foi fácil, mas, como o meu relacionamento na área

era grande, consegui uma empresa de amigos do ramo de reparo — que aceitaram me ajudar emitindo notas fiscais necessárias — e adicionei mais esse custo às planilhas de despesas.

Restava-me agora trabalhar duro para acelerar o término do processo e receber a minha parte, antes que a minha reserva de dinheiro acabasse. Isso feito, o ressarcimento foi aprovado pela seguradora e o estaleiro me pagou logo em seguida. Foi uma realização profissional e emocional e, com tudo resolvido, eu e Cida mantivemos o ritmo dos nossos encontros e até com mais mordomias.

Capítulo dez
A imagem da desesperança e outras revelações

Desta vez, estávamos na suíte *Emoções*, mergulhados na banheira de hidromassagem, sentados de frente um para o outro, com as pernas entrelaçadas fora d´água. Pela primeira vez admirei as pernas de Cida, de tão próximas que estavam. Seus joelhos e partes internas de suas cochas totalmente expostas aos meus olhares. Eu não olhava simplesmente para elas, eu as contemplava. E as acariciava. Deslizava minhas mãos por sua pele macia, aveludada pela espuma dos sais de banho. Acariciava cada pintinha, cada pequena marca e cicatriz de alguma estripulia de quando criança.

Entregue ao prazer das caricias, pedi que ela virasse de costas para mim. Foi extasiante. Acariciando a parte de trás de suas pernas e coxas, descobri o quanto eram bem torneadas e lindas. Diante desse quadro, não me dei conta de que ela flexionava seu corpo para trás, num vai e vem cadenciado em direção a minha boca, oferecendo-me o melhor do seu corpo. Foi inebriante, embriagador. Num movimento circular, suas nádegas cobriam toda a minha face, estreitando os espaços entre nossos corpos.

A alternância de nossas posições nos levava a explorar a fundo os mínimos detalhes de um e outro, comprometidos com uma doação plena de prazer. Foi um dos momentos mais marcantes vividos por nós dois.

Com tudo o que dividíamos e com o conhecimento de sua história, meu respeito e admiração por Cida aumentavam exponencialmente. Eu não tinha a menor dúvida de que ela era um ser especial. Passar por tudo que passara, e ainda sorrir e irradiar felicidade o tempo todo? Essa era a conhecida força interior dos guerreiros. Sim, guerreira. A cada instante, Cida fazia jus a um novo adjetivo: guerreira, vencedora, forte, imbatível. Da minha parte, em momentos como este, eu me encantava mais ainda com ela e não me sentia digno de sua pessoa. Para continuarmos com nosso idílio, não era a vida de Cida que teria que mudar, era eu que teria que me reinventar.

Os motéis eram importantíssimos para nós, a nossa história não teria acontecido se não fosse pela privacidade, conforto e segurança que eles nos proporcionavam. Não tínhamos predileção, a escolha tinha como critério a localização — quanto mais perto melhor —, pois o nosso tempo era contado. Então sempre que procurei novas opções decidia pelo mais perto de onde estávamos.

Na volta desse encontro, sem que eu me lembre exatamente como aconteceu — pois deveria ser um daqueles dias corridos e atribulados —, eu estava do lado de fora da favela, quando me deparei com uma mulher esquálida, aparentemente tísica, o corpo pele e osso. Foi impossível esconder o meu assombro. Esta pessoa estava protegida apenas por um vestido maltrapilho, encardido e remendado grosseiramente, jogado sobre o corpo. De tão magra que era, seus ossos pareciam prestes a romper a pele. Aquela, para mim, passou a ser a imagem da pobreza.

Consternado diante de uma pessoa em situação tão desumana e desesperadora, fui surpreendido ainda mais quando Cida, ao meu lado, aproximou-se dessa pessoa, beijou-a e, virando para mim, a apresentou como sua mãe. Desconcertado, fiquei sem palavras para expressar meus cumprimentos. Tentei disfarçar a minha surpresa, que, de tão profunda, fez doer a minha alma e aumentou em muito a minha intenção de ser complacente. Até os dias atuais, conservo esta imagem como o retrato da desesperança. Fui tomado pela tristeza e pela indignação. *Agora que passara a conhecer a mãe da Cida, o que mais poderia me surpreender?*

Para ela, porém, aquilo parecia normal e de fácil aceitação. Manteve o sorriso, sua marca registrada, e permaneceu assim até o final. Eu e sua mãe conversamos um pouco e rimos de algumas histórias que ela contou de quando a filha era criança. Percebi que se preocupara em me passar uma imagem melhor do que a dela própria. O encontro foi curto, uns dez a quinze minutos em que tentei evitar reparar mais em seu corpo e suas feições. Tentei, mas não consegui. Impossível esquecer.

***

A rotina de trabalho no estaleiro continuava a mesma. A diferença é que o meu interesse em ganhar mais fez com que eu levantasse todos os acidentes com as embarcações em construção. Neste ínterim, descobri uma série deles. Não só as embarcações, mas as próprias instalações industriais estavam cobertas pelo seguro. E nenhum acidente que ocorrera com eles havia sido reclamado para seguradora. Sem saber, eu havia descoberto uma mina de ouro, cujos ganhos eu destinaria para viabilizar uma melhora significante na vida da Cida e de sua mãe.

Incansavelmente, eu me desdobrava para abrir mais e mais processos de ressarcimentos via seguro, para fazer mais por aquelas duas mulheres. Continuava também me dedicando às minhas atribuições normais e a conviver com os colegas.

Num desses dias, durante uma reunião de trabalho,

sentei-me de frente para Mario, que havia se afastado de mim, por causa de Cida. Tratei-o com naturalidade, como se nada tivesse acontecido. No início, notei que ele estava desconfortável por ter que me encarar, mas, aos poucos, foi relaxando e, até o final da reunião, tive a impressão de que tínhamos superado as nossas diferenças e voltaríamos a nos relacionar normalmente.

Na hora do almoço, como de costume, fui almoçar na pensão e soube que Cida não tinha ido trabalhar. Preocupado, fui procurá-la na favela. Como estava de macacão, por sinal bem sujo de óleo e ferrugem, passaria facilmente por um peão, operário.

Entrei e fui direto para a birosca próxima ao seu barraco. Ao passar em frente à casa dela, vi que a porta estava aberta e me aproximei o bastante para vê-la alimentando a mãe, então desfalecida sobre um colchonete estendido no canto oposto à porta. Ao me ver, ela não ficou surpresa. Na verdade, tinha expectativa de que eu aparecesse por lá, uma vez que não havia ido trabalhar. Percebi que ela já conhecia um pouco do meu temperamento e da minha personalidade.

Entrei no barraco e me abaixei para saudar sua mãe, que, com certa dificuldade, retribuiu, apertando a minha mão e esboçando um sorriso cansado. Tive a sensação de que minha presença era bem-vinda. Em seguida, corri os olhos pelo interior do barraco e fiquei impressionado com a falta de tudo. Sim, faltava tudo. O fogão era uma lata de banha de 18 ou 20 kg, alimentado com lascas de madeira e papelão. De utensílios de cozinha, vi uma concha, encostada na lateral da lata/fogão e visualizei meia dúzia de garfos, colheres e facas desgastadas. Uma panela pequena, posicionada no lado oposto dos talheres, e algumas poucas latas de conserva que deveriam servir para cozinhar.

Não havia armário para roupas, ou para as coisas da cozinha. Em seguida, avistei uma bacia grande, uns cabides com poucas peças de roupas penduradas e umas sandálias empilhadas num canto, no piso de chão batido. Além disso, três caixotes espalhados. Do lado de fora do barraco, a sós com Cida, perguntei como ela conseguira crescer em condições tão precárias. Ela, sempre sorrindo, respondeu:

— No início foi muito difícil. Bem pior. Hoje está bom demais.

— Não consigo ver nada de bom aqui — retruquei com um tom de indignação profundo.

Cida me olhou nos olhos e, dona de si, afirmou:

— É tudo o que eu tenho. É tudo que eu preciso para me manter viva. É o suficiente, entende?

— Não! — respondi, comovido. — E como foi no início, quando vocês não tinham nada, somente algumas poucas roupas?

Ela me puxou para dentro do barraco, encostou-me contra a parede improvisada de tábuas, beijou-me freneticamente na boca, na face, na testa, no rosto todo e disse:

— No próximo encontro, eu te conto o que mais você quiser saber.

Em seguida, ela me pegou pela mão e deixamos a casa. Andamos uns dez metros e entramos em outro barraco. Ela queria me apresentar a uma senhora que considerava como sua segunda mãe. A visita foi muito rápida, mas, mesmo assim, fui muito bem recebido, como se fosse um amigo de longa data. A senhora passou as mãos carinhosamente no meu rosto e, olhando-me nos olhos, disse:

– Sei que você cuida muito bem dessa moça, continue assim. Se precisar de mim, estou sempre aqui. — Agradeci e segui Cida, que, sem me falar o motivo, tinha pressa em me afastar da área da favela.

Fui embora imaginando de que forma eu poderia precisar da ajuda daquela senhora tão pobre e humilde e cheguei a achar graça. Fui também pensando de que forma poderia tirar Cida e a mãe de lá ou, ao menos, de ajudá-las a viver melhor.

Com o que eu ganhava a mais, pensei, poderia investir em comida, vestimentas, utensílios domésticos e em pequenos móveis que coubessem no barraco e pudessem prouver mais conforto a elas. Essa ajuda nunca me seria solicitada, e eu sabia que teria que insistir, e muito, para que elas aceitassem.

Após alguns meses de convivência, passou-me também pela cabeça reformar o barraco. A ideia era ampliá-lo um pouco, construir um banheiro e um quarto pequenos, mas a área livre para expansão não permitia a execução do projeto e isso teria que ser melhor avaliado depois.

De volta ao estaleiro, trabalhei a tarde toda e percebi como acabara me afastando da convivência dos colegas da empresa. Naquele dia, eles comentaram que eu andava aéreo, distante e introspectivo. E eles estavam certos. Aos poucos, fui me abrindo, contando-lhes o que acontecia e recebendo conselhos sobre como agir. Isso foi muito bom para mim. Eu começava a sucumbir às pressões psicológicas que me incomodavam — os conflitos gerados pela minha vida dupla, as expectativas de o que mais Cida teria a me revelar — e senti certo conforto vindo deles.

Foram dias difíceis para mim. As avalanches de surpresas e de sentimentos gerados pela realidade que eu confrontava estavam me transformando em outra pessoa. A cada dia eu me tornava um estranho, um homem diferente, uma nova pessoa, cuja identidade eu levaria ainda um bom tempo para descobrir, para acostumar e aceitar. Sentimentos conflitantes de amor, revolta e solidariedade me atordoavam.

Do estaleiro, eu acompanhava o quadro de saúde da mãe de Cida. Ela me telefonava e me mantinha informado.

Prevendo sua piora, insisti que ela aceitasse uma importância em dinheiro, para o caso de alguma emergência. Não era muito, o suficiente para que ela pegasse um táxi e comprasse remédios. Tive que insistir muito para que ela aceitasse. No dia seguinte, fiquei sabendo que o quadro de saúde de sua mãe complicara durante a madrugada e que Cida a socorrera a tempo, levando-a para um posto de atendimento de emergência. O diagnóstico: desnutrição. Ela foi medicada com soro e complexos vitamínicos.

Soube também, naquele dia, que o parco salário que Cida recebia era gasto em remédios e cuidados com a mãe, não sobrando quase nada para gastar com roupas, calçados ou o que fosse. A mãe era a sua razão para enfrentar as provações que a vida impunha a elas. Cida hoje retribuía tudo o que a mãe havia feito por ela na infância.

Com a mãe recuperada, em poucos dias sua rotina de trabalho e encontros comigo voltou ao normal. A princípio, tudo parecia bem, até Cida me contar mais capítulos da sua vida, deixando-me cada vez mais perplexo.

Estávamos no motel, na suíte *Café da manhã*, quando, depois de matarmos a saudade acumulada de uma semana sem nos amarmos, Cida se aconchegou a mim e perguntou:

— Onde foi que parei da última vez?

— Não importa. Comece por onde você sentir vontade.

Minha expectativa era grande e fez parecer que os segundos de espera por sua narração fossem uma eternidade. Senti sua mão deslizar suavemente pelo meu peito e ouvi um leve suspiro que daria início a mais uma história de vida que me sensibilizaria e interromperia aquela sensação interminável de espera.

— Quando vi o meu pai conversando com a minha mãe, naquele dia na favela, reparei a aparência dos dois, e a minha constatação foi devastadora. A minha mãe, que era bem mais nova que ele, parecia avó do meu pai. Ela, que fora bonita e com traços femininos marcantes, não era mais nada disso. Na hora, isso não me afetou muito não, foi mesmo só uma constatação. Mas depois, por várias noites seguidas, essa cena surgia toda hora na minha mente e apertava o meu coração a ponto de, todas as vezes, eu chorar de pena dela. Aprendi com isso que a resistência tem limites, e que a força da minha mãe tinha acabado por causa de tanto sofrimento, por anos a fio. Ao mesmo tempo que a via como minha heroína, sentia-me responsável por tudo que ela havia passado para zelar por mim. Mesmo sabendo que sou a razão dela ainda estar viva, tenho dúvidas se valeu a pena eu ter nascido. Senti um pesar imenso por não poder retribuir tudo o que fez por mim com um pouco mais de conforto e mostrar o quanto eu era e sou grata a ela, o quanto a amava.

"Tem momentos que chego a pensar que a morte seria um descanso merecido e já tardio para ela. A vida da minha mãe não tem mais sentido. Quanto ao meu pai, eu sentia raiva, ódio dele. Comentei isso com ela, que me aconselhou a não nutrir esses sentimentos por ninguém, muito menos por um homem que, bem ou mal, era o meu pai." Cida fez uma pequena pausa e continuou:

— No início, eu demorei um pouquinho para aceitar a passividade da minha mãe, mas a verdade é que estamos à mercê das imposições da vida. Não dá para enumerar todos os obstáculos que encontrei ao longo do caminho, ainda que curto, mas posso te dizer que, quando estamos juntos, eu e você, eu não me lembro de nada disso.

Cida girou o corpo, posicionou-o sobre o meu, e olhando nos meus olhos, disse ainda:

— Graças a você, estou vivendo momentos maravilhosos que me fazem esquecer tudo de ruim que já me aconteceu. Isso é a comprovação de que a vida é uma alternância de experiências boas e ruins e que, por pior que possa ser, também tem suas compensações. Que no final nada terá sido em vão. Seus cuidados e carinhos para comigo e para com a minha mãe fazem valer a pena ter sobrevivido à vida que Deus me deu.

Surpreendido com suas palavras, tentei esconder a minha emoção e brinquei:

— Tudo bem, vou até acreditar que sou eu o seu salvador. Mas agora saia de cima de mim porque eu não estou conseguindo respirar.

Os momentos seguintes foram ótimos. Ouvir aquela declaração de Cida deixou-me feliz por poder imaginar que eu a estava ajudando a enfrentar muitos desafios e a superar inúmeros obstáculos, amenizando todo o seu sofrimento. Com isso, passei a sonhar, planejar e arquitetar coisas que poderia fazer para ajudá-la a melhorar ainda mais a sua condição de vida.

Faltava pouco tempo para irmos embora, quando Cida continuou a contar a sua história e aplacou uma curiosidade que eu tivera, mas que não insistira por saber.

— Aquela visita do meu pai à favela tinha um propósito que a minha mãe só me contou bem depois. Ela disse que nunca na vida precisou de tanta força para decidir o meu futuro. O meu pai foi lá propor para ela me enviar para um colégio interno na cidade de Nova Friburgo. Disse que ficava a uns 100 km de Niterói, e que seria bom para o meu futuro. Além disso, disse que eu teria conforto, boa alimentação e um ambiente excelente. E que ela poderia me visitar de vez em quando, e que ele me visitaria também. Com esses argumentos, minha mãe pensou muito e, apesar da tristeza de a gente se separar, ela vislumbrou uma vida bem melhor para mim. Então concordou com o meu pai. Falava e chorava, as lágrimas caíam sobre as nossas mãos entrelaçadas. Fiquei em estado de choque e reagi de imediato, afirmando que não me separaria dela por nada neste mundo. Foram momentos aterradores. Medonhos. Acho que foram os piores momentos da minha vida.

Tocado pela sua tristeza, imaginei toda aquela cena; o que Cida deveria ter sentido, o que sua mãe deveria ter sofrido. Considerei que, depois de tudo que as duas haviam sofrido juntas, viverem separadas seria um grande martírio. Imaginando a cena, silenciosamente chorei também. Ficamos aconchegados em silêncio, como se estivéssemos recuperando nossas forças depois de tudo o que fora dito. Cida, com naturalidade, continuou:

— A minha mãe nunca tinha me abandonado e agora eu ia abandoná-la para desfrutar de uma vida melhor? Não era justo, pensei, e eu não queria e não podia ir. Foi muito difícil ela me convencer a deixá-la sozinha naquele lugar horrível, mas ela acabou conseguindo. Quando chegou a hora da separação, foi muito triste e eu ainda tinha muitas dúvidas. Hoje, eu sei que fui arrebatada por uma depressão muito forte e que durou muito tempo. Abraçada forte à minha mãe, eu resisti o que pude das investidas do meu pai para nos afastar, para me colocar dentro do carro e me levar para Friburgo. Passei a viagem toda aos prantos. Era como se eu estivesse perdendo o que tinha de mais importante. Mais uma vez eu estaria à mercê dos caprichos da vida, só que, agora, desamparada. A minha mãe não estaria mais ao meu lado para me proteger. Por um bom tempo, até eu aceitar e me acostumar com aquela nova vida, a solidão foi a minha companhia.

Cida contou que, quando chegou ao colégio, ficou impressionada com o tamanho dos jardins e com a cor amarela forte dos prédios. Não comentou nada sobre as pessoas que a recepcionaram: as freiras, as professoras ou sobre as outras alunas internas e externas. Comentou da dificuldade de se adaptar à rotina e à disciplina, quando na favela não havia parâmetros: não havia atividades programadas, a única preocupação era garimpar comida e matar a sede. Confirmou que foi muito difícil no início, mas que depois conseguiu se adaptar porque não sentia mais fome, a cama era confortável e tudo era muito melhor do que a vida na favela. Mesmo assim, disse que não havia um só segundo em que ela não pensasse na mãe, desejando que estivessem juntas, desfrutando da segurança, do conforto e das outras vantagens que só ela agora usufruía. Riu bastante quando falou da sua reação à total falta de liberdade. Disse que pensava em fugir, pular a janela e até um muro que ficava nos fundos do colégio, mas que desistia quando lembrava que não tinha dinheiro para comprar a passagem de volta para casa.

Infelizmente o nosso tempo acabara e nós nos preparamos para deixar o motel. O tempo do percurso da volta, porém, foi o bastante para que Cida finalizasse a sua história, até o final da passagem pelo colégio interno.

— Um dia, a esposa do meu pai soube que ele estava custeando o meu estudo e o obrigou a me levar de volta à favela. O impacto disso na minha vida foi profundo. Eu já tinha adquirido novos hábitos, despertado para novos gostos. E estava com mais idade, com 12 anos. Quando eu voltei, a vida na favela foi mais dura ainda. Passei dias chorando compulsivamente. A minha mãe se desesperou também, pois viu que o seu sonho de dias melhores e um futuro promissor para mim tinha acabado. A esperança abandonou nossos sonhos. A rotina da vida na favela se impôs, e a luta diária pela sobrevivência se acirrou. Dia após dia, ao entardecer, não sabíamos se no dia seguinte passaríamos fome. A água não era mais problema, tínhamos acesso a uma torneira pública e mantínhamos nossas garrafas sempre abastecidas. Mas a água era quente, e a gente não tinha geladeira. Quando era dia de feira, a situação melhorava um pouco. A gente percorria as barracas de verduras e frutas em busca dos produtos descartados nos lixos. As sopas insossas, quase sempre aguadas, matavam a fome. Dias e noites ruins nos deixavam sem perspectivas de mudança para melhor. Logo cedo, de manhã, a gente começava a perambular pelas ruas na esperança de ganhar uma peça de roupa ou um calçado de alguém que se comovesse com a nossa pobreza. Como precisávamos de tudo, qualquer coisa que nos dessem era bem-vinda.

"Quando a minha mãe pedia para eu descrever para ela a minha rotina na escola e eu contava das missas, das mesas de café da manhã, do almoço, do lanche da tarde e jantar, ela pensava e dizia que, apesar de ter durado pouco, tinha sido muito bom para mim. E que desejava que, um dia, eu pudesse retornar àquela escola. Ela também gostava de saber do conforto e da limpeza do nosso dormitório e do banheiro. Era tudo o que nós não tínhamos a menor perspectiva de ver na favela. Mas o que fazia seus olhos lagrimejarem de verdade era eu contar os detalhes do meu uniforme e do pijama. Pena que não tive oportunidade de tirar uma foto para guardar de lembrança e mostrar para ela. Então, só restava ela ficar imaginando o quanto eu ficava bonita com essas roupas. Ela não cansava de dizer que daria tudo para me ver uniformizada, penteada, calçada e de meias 3/4. E o quanto seria maravilhoso me ver tomar banho com sabonete todos os dias e ter toalhas limpas para me enxugar. O bom disso tudo foi a gente ter coisas reais para lembrar e falar e para sonhar também."

Depois de ouvir o desfecho dessa história, fiquei totalmente sem reação. Deixei-a no lugar de sempre e voltei para o estaleiro mais triste do que nos outros dias. Então o fato de Cida ter um bom português e uma postura diferente da das pessoas da favela estava esclarecido. Mesmo que o tempo em que ficou no internato tenha sido pequeno para justificar o seu bom nível educacional.

Capítulo onze
Minha ida à favela sem autorização
Mais revelações

No dia seguinte, resolvi fazer uma visita surpresa à favela, para ver como a mãe da Cida estava passando. Aproveitei uma saída para ir à seguradora e fui lá, achando que iria agradá-la com a minha presença. Quando cheguei perto do barraco, vi que ela estava de saída e, quando me viu, reclamou muito da minha atitude de ter ido lá sem antes consultar a ela ou a sua filha. Fiquei chateado, sem entender o porquê da reação extremada. Ela me pediu que eu voltasse imediatamente. O quanto antes saísse dali melhor. E não parava de me ameaçar contar para Cida que eu estivera lá sem a companhia dela.

Deixei a favela confuso e contrariado. Fui direto para a seguradora no Rio e voltei para Niterói a tempo de almoçar e me preparar para mais um encontro. Como minha visita à mãe dela tinha sido um desastre, não toquei no assunto. Melhor deixar rolar e ver o que aconteceria.

Na pensão, peguei o cardápio, fiz o pedido e, sem perder tempo, puxei o assunto do colégio interno.

— Voltei para a favela e fiquei três anos e meio naquela vida difícil. Foi pior do que da primeira vez, quando chegamos lá, porque agora eu era mais velha e tinha consciência de tudo. Sabia do que poderia acontecer e nem padecia mais, estava calejada. Era a dura realidade conhecida, que eu já estava cansada de saber e que sempre me martirizava.

— Você disse que ficou três anos e meio. E depois, o que aconteceu? — perguntei. Cida olhou para os lados, estava atendendo a minha mesa e não poderia se demorar muito.

— O meu pai voltou a nos procurar na favela, para me mandar para outro internato, desta vez, em Petrópolis. Eu fui sem muita resistência, e foi tudo mais simples dessa vez. Mesmo que eu soubesse que deixar a minha mãe sozinha novamente seria triste demais, o fato de ser para o meu bem deixava-a consolada. O meu pai me visitou algumas vezes no internato, levando frutas e roupas. Até atendeu alguns poucos pedidos meus. Quanto à minha mãe, ela não pôde me visitar. A sua condição física, e o medo do meu pai de se comprometer mais do que já estava comprometido evitou que ela fosse me ver. Nesse período, visitei a minha mãe poucas vezes, porque dependia do meu pai bancar o custo das viagens. Mas as poucas viagens que fiz para estar com ela me confortaram.

"Aí, mais uma vez, a esposa do meu pai descobriu que eu era interna num colégio de freiras em Petrópolis, e mais uma vez o obrigou a me tirar de lá. Só que desta vez foi para sempre. Ou pelo menos até agora. Depois disso, eu nunca mais o vi. Deixei o internato e voltei para a favela. O tempo foi passando e perdemos o contato com ele. Não sabemos nada a seu respeito, nem se ainda está vivo. E de lá pra cá, eu levo a vida que tenho para levar. Não penso mais nele."

No decorrer da narração, fiquei atento a cada palavra pronunciada por Cida. Eu tentava me colocar no lugar dela, mas não dava, era uma história única, somente sua. E só acreditei porque era ela mesma que me contava.

Mesmo que muitas coisas tenham sido ditas, faltava-me ainda discernimento ou mesmo experiência de vida para interpretar por completo o sentido dos seus desabafos. Em todas as suas narrativas, ela me falava o quanto havia sofrido com a falta de tudo o que fosse necessário para um ser humano se assumir dignamente, sentir-se como filho de Deus. E quando isso acontecia, quando ela estava ao meu lado, inabalada, altiva, segura — como se tudo pelo que tivesse passado e ainda passasse fosse apenas um grande pesadelo — eu me sentia um ser humano pequeno demais.

Em alguns momentos de reflexões, nos intervalos das nossas conversas, eu me pegava pensando e chegando a conclusões sobre ela: a vida lhe tirara quase tudo, mas deixara, em compensação, uma força e coragem descomunais, caso contrário, ela não teria sobrevivido.

Ao menos Cida, apesar dos pesares, ainda teve acesso a boas escolas. Se quisesse, hoje, chegar a uma faculdade, com um pouco de ajuda, ela conseguiria, pensei, e deixei-a voltar a trabalhar.

Capítulo doze
Perigo à vista

No meu trabalho, tudo estava indo bem. O andamento dos processos de ressarcimento de avarias junto à seguradora comprovava a minha competência com os resultados financeiros positivos para o estaleiro, e eu tirava proveito disso da melhor maneira possível. Nas horas vagas, eu comentava com Mario sobre as descobertas surpreendentes a respeito de Cida, e ele ficava tão impressionado quanto eu.

Fui ao encontro dela naquele dia e, já de longe, desconfiei que tinha algo errado. Cida veio em minha direção, bufando, e, na medida que se aproximava, parecia uma tempestade se formando na minha direção. Coloquei-me logo em posição defensiva, usando minhas melhores armas: um largo sorriso e os braços abertos para lhe dar boas-vindas. Não adiantou. Fui veementemente repreendido por ter ido à favela, sem sua autorização. Parecia que eu cometera um sacrilégio. Dei minhas melhores justificativas para ter ido lá, como querer saber como estava sua mãe, mas de nada adiantou. Ela estava possessa, descontrolada, e eu, percebendo que ela não se acalmaria facilmente, entrei logo no carro para evitar o vexame de levar uma descompostura em público. Sem perceber meu movimento, Cida continuou de pé do lado de fora, exaltada e tensa. Aproveitei uma pequena pausa em sua respiração, interrompi-a com muita delicadeza e, abrindo a porta do carona, convidei-a a entrar no carro para que pudéssemos discutir o assunto na segurança de uma suíte privada. Eu não entendia o motivo de tanto mau humor, e ela também não explicava a razão de tanta preocupação. Insistentemente, apenas me obrigou a prometer que não voltaria mais lá sem antes avisá-la. Preocuparam-me muito suas atitudes e ameaças. Estavam cheias de rancor e ódio. Fiquei, a princípio, impressionado e surpreso — aquela não parecia a minha Cida — e isso foi me deixando intrigado. O que de tão importante havia por trás daquela encenação toda? Por que uma rápida visita a sua mãe desencadeara tamanho espetáculo?

Estava tão impressionado, que, quando chegamos ao motel, resolvi não insistir em saber o porquê de tanta preocupação e fui acalmando-a, dominando a fera em que havia se transformado até que, aos poucos, tive-a em meus braços como a desejava.

Engraçado foi perceber que, com o passar do tempo, os meus sentimentos foram se aprofundando e se modificando. Uma desses sentimentos foi o estranho e inesperado desabrochar de um amor paterno. Conscientemente, comecei a me preocupar com tudo em relação a ela: sua saúde, segurança, estudo. O futuro que eu poderia lhe proporcionar, conforto, roupas e tudo mais. Tinha-a como mulher, como minha amante e, agora, começava a vê-la como filha também. Tudo isso simultaneamente. No princípio, foi difícil administrar emoções tão distintas, e meu comportamento com ela chegou a mudar um pouco. Separar a mulher amada da filha foi algo conflitante e desafiante.

No decorrer do dia seguinte, durante o expediente de trabalho, voltei a comentar com Mario o que havia acontecido, a bronca que recebera, esperando ouvir seus comentários. Ele, que a meu ver agora sentia-se aliviado por não ter se envolvido com ela, foi taxativo: teria que haver um bom motivo para justificar tamanha reação.

— Talvez ela tenha um caso, um namorado ou coisa parecida — disse-me.

Comentei que já tinha pensado nessa possibilidade, mas alguma coisa me dizia que não, que a forte reação dela suscitava algo mais sério. Ele concordou.

— A julgar por todos os sustos e surpresas que você já teve com ela, eu, no seu lugar, colocaria a barba de molho. A reação dela foi extremada demais. Deve ter alguma coisa muito séria acontecendo. Talvez esse seja mais um segredo para você desvendar.

Concordei com ele, e agora quem estava preocupado era eu. Muito curioso também, decidi que, no próximo encontro nosso, eu exigiria saber a verdade. Eu fazia parte da vida dela, afinal de contas.

O dia que antecedeu o nosso próximo encontro foi angustiante. Eu não conseguia tirar da cabeça as questões que estavam elaboradas para descobrir o que a deixara tão nervosa e descontrolada. Eu estava me sentindo um inquisidor. Usaria todos os meus recursos para obrigá-la a revelar mais este segredo.

Pela primeira vez durante o nosso relacionamento, eu não consegui deixar o meu envolvimento com ela de fora da minha vida familiar. Mesmo em casa, esses questionamentos não paravam de me importunar. Estava difícil controlar a ansiedade e esperar a hora de encontrá-la e ouvir suas explicações. *Que outro mistério me revelaria? Quantos segredos havia ainda naquela sua vida tão desafiante?*

O meu interesse em saber era tão grande que, na tentativa de matar a minha curiosidade e acabar com o desconforto causado pela ansiedade, desenvolvi duas hipóteses: uma, ela agia assim para me proteger de algum perigo na favela, por eu ser um estranho naquele ambiente; duas, Cida tinha um relacionamento com alguém, e isso poderia gerar conflitos para ela.

Na manhã do dia seguinte, despedi-me da família e fui em direção ao estaleiro, dessa vez com a atenção toda voltada para o próximo encontro — ou confronto — que eu teria com Cida, quando tiraria dela toda a verdade. O fato de ter misturado meus dois mundos passou a me preocupar muito. Tão incomodado fiquei, que cheguei a ponderar sobre a possibilidade de abrir mão dela, caso fosse necessário proteger a minha família.

A hora combinada chegou, e eu larguei tudo para trás para ir ao seu encontro. Ao vê-la se aproximando do carro, defrontei-me com sua imagem de mulher guerreira que não se intimidaria com a minha intenção de pressioná-la e mudei minha postura, me mostrando tão inseguro diante da situação a ponto de me questionar até mesmo se deveríamos continuar juntos. Eu sabia que o risco de perdê-la era grande, mas segui meu instinto.

Na cama, mostrei-me aéreo, insensível aos carinhos recíprocos que costumávamos trocar, com a intenção de mostrar que eu não estava bem. Aos poucos, Cida foi diminuindo suas carícias, eu as minhas, até que uma hora ela quebrou o silêncio e perguntou se eu estava bem. Isso era tudo que eu queria ouvir, a minha estratégia dera certo. Agora, eu tinha que saber aproveitar a oportunidade para fazê-la falar.

— Você tem namorado? — Um não curto e seco saiu de sua boca. Ficou claro para mim que eu a surpreendera.

— Não acredito!

— Já tive um namorado. Agora só tenho você. — Ela respondeu em um tom mais suave

Surpreendido pela resposta, me atrevi mais um pouco.

— Você está afirmando que só teve um namorado até agora? E que eu sou o segundo homem da sua vida? Não vou acreditar mesmo.

Cida se transfigurou, e o semblante sempre sorridente deu vez a uma expressão de insegurança. Uma nuvenzinha de tristeza ofuscou o brilho de seus grandes olhos negros e o silêncio se estendeu um pouco mais, até ela afirmar que sim, que ela só tinha tido dois homens em sua vida.

Com a minha curiosidade ainda maior, indaguei pelo namorado. Ela respondeu, tensa:

— Não sei. Ele não deu mais notícias, sumiu, desapareceu.

— Então não era nada sério, apenas um passatempo, não é? Ele sumiu, desapareceu mesmo, ou simplesmente se afastou de você?

Antes que ela respondesse, emendei com outra pergunta:

— Você chegou a procurá-lo, ter notícias dele no trabalho, com os amigos comuns, na casa dele?

— No trabalho, várias vezes, mas ninguém sabia onde ele estava. Ele morava no Rio, e eu não tinha o endereço da casa dele. Então o tempo passou, e eu fui esquecendo dele aos poucos — respondeu, desconcertada.

— Há quanto tempo ele sumiu?

— Tem pouco tempo. Um ano e meio, mais ou menos.

Ainda insatisfeito, continuei questionando:

— Quanto tempo de namoro? Ele conheceu a sua mãe, visitava você na favela?

— Sim, conheceu a minha mãe. Ia no meu barraco também, e não namoramos mais do que um mês e meio — respondeu secamente.

À medida que as respostas fluíam, eu as analisava e concluía que Cida não estava sendo sincera, que estava escondendo coisas que, a seu ver, eu não deveria saber.

Então, repentinamente, ela se jogou em cima de mim e começou a me excitar com gestos provocantes e olhares sensuais, seguidos de beijos e carinhos lascivos. Foi o jeito que ela encontrou para interromper nossa conversa e evitar mais perguntas. Entendi, com sua atitude, que eu teria que me dar por satisfeito e deveria me entregar ao prazer de nossos corpos.

Deixamos o motel um pouco mais tarde nesse dia. Já estava anoitecendo, e algumas luzes da iluminação pública começavam a acender. Próximo ao Ponto Cem Réis, perguntei se ela não queria levar algo para comer à noite, uma vez que não havíamos comido nada no motel. Ela aceitou, e nós paramos numa padaria na alameda de São João Boaventura. Fizemos um lanche rápido e compramos pão, queijo, presunto e refrigerante para levar para a casa dela. Dali, seguimos direto para o local onde eu a deixava costumeiramente.

Na ida para lá, observei patrulhas da PM realizando uma blitz logo à frente, no nosso caminho. Quando olhei para Cida, vi uma pessoa tomada pelo medo, apavorada, tensa, à beira do pânico. Tentei tranquilizá-la, dizendo que os documentos do carro estavam em ordem e que a minha carteira de motorista também estava em dia, mas tive que segurá-la pelo braço, para impedi-la de descer do carro em movimento. Aquilo me assustou tanto, que cheguei a ponto de pensar em dar meia volta para não passar pela tropa. Olhando mais de perto, vi que não era uma blitz de trânsito e sim uma abordagem a um carro com suspeitos. Ao me aproximar, um dos PMs acenou ordenando que eu passasse direto. Em frente ao local da blitz, reparei que Cida estava tão descontrolada emocionalmente que escondia o rosto. Imaginei de cara que ela tivesse problemas com a polícia. Aquele comportamento não era normal.

Passado o perigo, perguntei o porquê daquele medo todo, mas ela, ainda se sentindo insegura, pediu que eu a deixasse em um outro lugar um pouco mais distante do costumeiro e da favela também. Sem questionar, disfarcei minha curiosidade e a atendi, deixando as perguntas pendentes para o nosso próximo encontro.

Parei o carro no local solicitado e tentei dar um beijo de despedida, mas ela se esquivou e saiu correndo. Mesmo com toda pressa, gritei ainda pela janela, num tom de brincadeira que aliviasse sua tensão:

— Não acreditei nessa história de só dois namorados, não, viu?! Você é bonita demais para tão pouco. Um dia você vai me contar essa história direito.

Ela se voltou e disse seriamente:

— Por favor, saia daqui rápido. Agora! Vá embora!

O tom de sua voz, um misto de medo, drama e autoridade, me fez obedecer sem pestanejar. Arranquei com o carro, embora a dúvida se deveria ou não voltar e ficar ao lado dela me consumisse por dentro. Segui em frente, temendo que Cida precisasse de meu apoio.

Chegando em casa, antes de me envolver com minhas filhas, fui direto para o banheiro tomar um banho, para dar tempo de descansar um pouco e esquecer os meus temores. Passei os momentos que se seguiram com minha família. Fiquei aéreo, perdido nos meus questionamentos. Foram momentos confusos que duraram um bom tempo, até a hora em que todos fomos dormir.

Preocupado com Cida, fui cedo à pensão no dia seguinte, ainda antes do almoço, para ter notícias dela. Vi que ela estava bem, voltei para o estaleiro e, naquele dia, não houve encontro. Do estaleiro, fui direto para casa, peguei minhas filhas e fomos passear e brincar na praia de Icaraí. Foi um dia bem diferente dos demais.

Passei o resto da semana colocando em ordem os meus deveres e obrigações com o trabalho e a família. Fiz também uma avaliação do meu relacionamento extraconjugal. O meu coração era de Cida, eu a queria de qualquer forma na minha vida, mas a minha consciência pedia prudência e bom senso. Era um conflito de sentimentos que me deixava confuso, e uma alternância de emoções que me fazia passar da realidade — meu casamento e família — para o sonho — o mundo de Cida. Eu me sentia indo do céu ao inferno, e vice-versa, o tempo todo.

Capítulo treze
O impensável estava por vir

De volta ao sonho, sem imaginar que um pesadelo me aguardava na próxima esquina da minha vida, fui ao encontro da Cida, na alameda São Boaventura e, de lá, fomos direto para um motel. Pelo calor de mais um dia, fomos direto para a piscina do lado de fora e ficamos refrescando nossos corpos. Depois de alguns minutos, Cida saiu da água, pegou uma toalha, estendeu-a sobre a borda da piscina e deitou-se sobre ela. Ainda imerso na água, fiquei ao seu lado.

Senti então um cafuné delicioso e me entreguei ao prazer dos toques dos seus dedos sobre a minha pele. Fechei os olhos e respirei pausadamente. Senti-me no Paraíso. Cida sabia me proporcionar esses momentos. Em meio aos cafunés, ela começou a contar a história do namorado. Seu tom de voz era baixo, como se quisesse minimizar o impacto emocional que ocasionaria em mim. Começou afirmando que só tivera dois homens, eu e o tal rapaz, o que me fez continuar não acreditando e dar um largo sorriso.

— Minha querida, não me preocupo com a quantidade de namorados que você já teve. Me preocupo com os que você ainda terá, porque eu gostaria de ser o seu último namorado — disse romanticamente, olhando em seus olhos.

— Isso não depende do nosso querer, e sim do que a vida reservou para nós. Eu já estou satisfeita com o pouco que tenho de você. O importante é a gente aproveitar ao máximo tudo que nos está sendo concedido, enquanto durar o nosso relacionamento — respondeu ela, pensativa.

Fiquei pensando em suas palavras e imaginando se seriam uma espécie de aviso. Reagi afirmando que, se dependesse de mim, iríamos ficar velhos juntos, visitando todos os motéis da região. Foi engraçado imaginar a cena de nós dois envelhecidos, entrando e saindo de suítes com piscina. No mínimo, deixaria os funcionários intrigados, imaginando o quanto de fôlego teríamos para usufruir de tudo aquilo. Rimos muito e, controlando um pouco a euforia do momento, acariciei seu rosto.

— Será o melhor lugar para recordarmos dos nossos encontros. É sempre aqui que nos entregamos ao amor. Se recordar é viver, vamos continuar nos encontrando em suítes de motéis até que a morte nos separe.

Notei que Cida gostou do que eu disse e riu muito, mas também que essas palavras mexeram com ela. Perguntei se ela se aborrecera com alguma coisa, e ela respondeu que não, mas que não havia garantia de que viveríamos tanto.

— Então vamos aproveitar ao máximo o dia de hoje e os demais que nos serão concedidos — respondi, para mudar o rumo da conversa, e agarrei-a firme, puxando-a para dentro da piscina, sufocando-a de beijos e a afogando em carícias. Esses momentos justificavam os nossos riscos, esforços e sacrifícios que a vida nos apresentava diariamente.

Saímos da piscina e sentamos nas espreguiçadeiras. Segurando a minha mão, Cida começou a falar do ex-namorado:

— Querido, é difícil falar sobre esse assunto. Você nem imagina. Mas, bem, vamos lá. Vou começar do início. Eu o conheci perto de casa, ele trabalhava numa empresa grande, nas proximidades da favela. Fizemos amizade e, em pouco tempo, estávamos namorando. Eu estava nas nuvens, era uma experiência nova. Nós gostávamos muito um do outro. Enfim, era muita alegria... até o dia em que ele apareceu todo machucado. Ele me contou que tinha sido espancado por um policial, sem a menor condição de se defender. Fiquei desesperada, na hora eu soube do que se tratava e pedi a ele para não me procurar mais, nunca mais. Para desistir do nosso relacionamento. Ele não aceitou, perguntou inúmeras vezes por que e jurou que não desistiria de mim, apesar da agressão e das ameaças recebidas daquele sujeito. O medo me dominou de tal forma, que eu não tive coragem de contar para o meu namorado quem era o PM que o espancou e o jurou de morte. Foi aí que eu errei. Eu não contei para ele, e ele ficou sem saber que era alvo de um psicopata. Um assassino desequilibrado, reconhecido pela própria Polícia.

A essa altura eu já havia mudado de posição na espreguiçadeira e posicionado o meu corpo mais próximo do dela, para melhor ouvi-la falar.

— Eu fiz tudo o que pude para que ele me esquecesse e não voltasse mais a me procurar. Só não o alertei a respeito do que o PM bandido era capaz de fazer. Só que ele não atendeu aos meus apelos e apareceu no meu barraco me procurando de novo. Eu, temendo o pior, insisti veementemente para que ele não voltasse mais à favela, muito menos para me procurar. Cheguei a terminar com ele, na esperança de que me esquecesse, mas não adiantava: ele retornava e me procurava por todos os cantos. Essa situação me levou ao desespero. Eu não via saída. Eu rezava e esperava que ele não sofresse nenhuma outra agressão. Porque ela poderia ser bem pior. Era a lei do cão. E como essa ameaça vinha de fora, não de dentro da favela, eu não tinha a menor condição de evitar ou controlar a situação. Eu estava rendida, vencida, impotente e ameaçada também, como sempre fui. Foram dias que passei rezando para ele desistir de mim e ir embora de vez. Passada uma semana, tive a sensação de que ele não apareceria mais, que tinha finalmente desistido dos nossos sonhos.

"Então, mais uma semana passou, depois mais 15 dias, até que fomos visitados por um colega de trabalho dele, que o procurava. Quando eu soube disso, temi pelo pior. Começamos a perguntar incessantemente aos moradores da Maverói, se alguém sabia o que tinha acontecido, onde ele estaria, mas os dias foram passando sem que tivéssemos qualquer notícia a respeito. Tudo piorou mais ainda, quando soubemos depois que a família estava procurando por ele também. A partir daquele momento, ele estava desaparecido oficialmente. A família deu queixa na polícia, mas até agora não se tem notícias. Não sabemos se sumiu, morreu de alguma causa natural ou foi assassinado."

Perplexo, mantive meu olhar fixo no dela, enquanto mentalmente analisava tudo que me contava. Estava confuso e atordoado com mais essa passagem de sua vida e não conseguia formular nem uma pergunta sequer. Nem ao menos perguntar quem era aquele policial e que ligação tinha com ela. Ficamos mudos, os minutos de silêncio parecendo intermináveis.

Quando dei por mim, tinha voltado para dentro da água e mergulhado de corpo inteiro, como se quisesse submergir até os próprios pensamentos. Voltando à tona, sai da piscina e me sentei de frente para ela. Seus olhos lacrimejavam.

Tentei consolá-la, mas ela não foi receptiva. Estava tensa demais. Se preocupava com a vida do rapaz e, caso ele tivesse sido morto pelo PM, achava que a responsabilidade era sua.

Depois de me controlar, perguntei a ela se eu estava correndo risco também e por quê. Com as lágrimas escorrendo, Cida olhou para mim, passou a mão pela minha cabeça e me puxou para um abraço. Com sua boca próxima do meu ouvido, sussurrou que sim e percebeu que ao ouvir o sim, meu corpo ficou retesado, enrijecido. Aquele sim despertara o meu instinto de defesa e de sobrevivência. Como eu já havia passado por momentos terríveis na vida, com armas apontadas para a minha cabeça durante horas a fio, senti a morte de perto novamente. Essa afirmação mudaria toda perspectiva do nosso relacionamento.

Tempos atrás, fui vítima de um sequestro que me deixou igualmente traumatizado tanto com bandidos quanto com a polícia. Até o dia de hoje não sei qual deles dois foi pior. Passar por uma situação de risco novamente e ser confrontado por polícia e bandido numa só pessoa estava fora de questão.

Então meu pensamento passou para o namorado. Qual poderia ser a bronca entre os dois, para tamanha raiva do PM? E, se o namorado voltasse, qual seria a reação de Cida? Fiquei tão absorto em meus questionamentos que cheguei a me esquecer da presença dela, apesar de estarmos abraçados. Eu queria respostas às minhas dúvidas, mas o tempo passou imperceptível, nos obrigando a voltar para os nossos cantos, sem que essas respostas tivessem sido dadas.

No estaleiro, encontrei Mario e relatei o ocorrido, esperando pelos seus comentários. Ele foi taxativo: eu precisava ligar todos os fatos que tinha, para então montar a história de vida de Cida e ver com quem eu estava, de fato, me relacionando. Se havia algo que não poderia acontecer, era colocar em risco a minha vida pessoal e a da minha família. Concordei com ele. Eu precisava saber tudo o que acontecera e o que poderia vir a acontecer.

***

Pela primeira vez, Cida me ligou de um orelhão, pedindo ajuda para socorrer a mãe, que estava passando mal. Larguei tudo, dirigi em alta velocidade e em minutos cheguei à favela. Ao chegar lá, ela já havia aproveitado uma carona e antecipado sua ida para o hospital. Informaram-me que a mãe dela fora levada para o Hospital Antônio Pedro, e fui atrás. Chegando lá, logo as localizei e aguardei o atendimento, para levá-las de volta. Novamente, o mesmo diagnóstico: fraqueza geral, desnutrição. E os mesmos medicamentos: vitaminas e sais minerais. Providenciei tudo e regressamos para a favela. Quanto mais nos aproximávamos de lá, porém, maior era a tensão que surgia entre Cida e a mãe. Tensão que eu já sabia que tinha a ver com o PM. Fingi não perceber nada e agi com naturalidade, ajudando a tirar a mãe do carro e a carregando nos braços até o barraco. Foi então que a carreguei por uns 50 metros sozinho, sem o menor esforço, e percebi o quanto ela era magra. Fiquei consternado. Cida agradeceu imensamente, mas insistiu que eu me retirasse imediatamente da favela. Estava claro que tinha medo de um possível encontro meu com o tal PM. Eu, por minha vez, queria que esse encontro acontecesse logo, não só para matar a minha curiosidade, como para enfrentar a situação de uma vez por todas. Só que eu não fazia ideia do risco que estava correndo.

Estávamos ainda conversando, quando uma vizinha chegou esbaforida e me puxou para dentro do seu barraco, colocando-me de costas para a parede de tábuas, e tapando a minha boca com uma das mãos. Com a outra, sinalizava com o dedo indicador em riste, na frente dos meus olhos, para que eu não me mexesse e não falasse nada também. Que eu permanecesse em silêncio absoluto. Cida me pediu para eu acatar os comandos da vizinha e para ficar lá até a hora que fosse necessário. Considerei a tensão e o medo estampados no rosto das duas e concordei. Todo esse esforço de me manter em silêncio se devia ao fato das paredes serem de tábuas finas, com frestas irregulares, que permitiam ouvir com muita clareza os barulhos e as conversas ao entorno. A privacidade era um privilégio de poucos.

Foram minutos inexplicáveis. Sem palavras para descrever os meus sentimentos. Passou de tudo pela minha cabeça: medo, angústia, revolta e um forte instinto de sobrevivência. Aguardando o desenrolar da situação, fui tecendo considerações com as informações que eu já conhecia e concluí que estava bem perto do responsável por tudo aquilo. Sinalizei para a vizinha que estava tudo bem, e que eu ficaria quieto para evitar o pior. Minutos depois, ouvimos passadas e vozes vindas em nossa direção. A mulher aumentou a pressão da mão sobre a minha boca.

Senti-me refém novamente, só que agora de mãos protetoras que estavam se arriscando para me proteger, mesmo sem me conhecer. Em um determinado momento, a curiosidade foi tanta, que estiquei o braço para abrir um pouco a porta e tentar enxergar por entre uma brecha o que acontecia do lado de fora. Aterrorizei-me com o que vi. O meu batimento cardíaco disparou, e minha testa cobriu-se de um suor que aflorou rapidamente, formando gotas que rolaram pelo meu rosto.

O PM era assustador. Um gigante, um monstro de aspecto demoníaco. Impingia medo em todos que o conheciam ou que se deparavam com ele. A farda o tornava ainda maior e mais ameaçador. As armas na cintura eram um complemento de sua figura já aterrorizante. Ao observá-lo através da fresta, tive a terrível sensação de impotência. Senti-me um anão perto dele. Ele retornou e passou por nós. Depois, dirigiu-se a um beco no fundo da viela e, em poucos minutos, voltou e entrou no barraco de Cida.

Neste momento o meu sangue ferveu, e eu lamentei estar desarmado. Imaginei que ele pudesse maltratá-la, e seria insuportável para mim saber disso e não reagir. Percebendo que eu estava me descontrolando, a vizinha me pressionou novamente contra a parede e sinalizou freneticamente com as mãos, para que eu me segurasse. De repente, me lembrei do ex-namorado de Cida, compreendi seu medo, mas também sua resistência em fugir. Como deixar a mulher amada à mercê de alguém tão cruel? E percebi também que ele não voltaria, não por covardia, mas por ter sido assassinado por aquele homem que certamente tentaria fazer o mesmo comigo.

Sem tirar os olhos um só segundo da fresta da porta, me surpreendi quando vi o policial sair do barraco com tanta rapidez. Passou rente à parede atrás da qual eu estava escondido. Suas passadas foram largas e rápidas, como se ele tivesse passado quase correndo. Passou tão próximo de mim, que tive a certeza de ouvir sua pulsação cardíaca.

A vizinha sinalizou para que eu permanecesse escondido e foi procurar Cida. Voltou dizendo que ela não estava com a mãe, que deveria ter se escondido no barraco de algum amigo. Fiquei angustiado, imaginando onde ela poderia estar, e em que estado. Temia por sua integridade física e emocional.

Mesmo tenso e amedrontado com minha própria fragilidade, eu não conseguia parar de pensar em Cida. Então aquela era a pior das ameaças à nossa relação, às nossas vidas, e à vida dela própria. E o sentimento paternal aflorou em mim. Sem temer as ameaças que pairavam no ar, saí andando pela favela à procura dela e, em poucos minutos, encontrei-a visivelmente abalada, retornando às pressas para o seu barraco à procura da mãe, sua maior preocupação. Nós dois sabíamos o quanto ela estava debilitada e o quanto era ameaçadora uma visita daquele animal. Ao passarmos por um ponto da viela que tinha um recuo grande o suficiente para nos esconder, Cida me puxou para lá, para nos tirar da visão pública, e nós conversamos um pouco, até nos acalmarmos. Com o semblante ainda pesado, ela exigiu que eu deixasse a favela imediatamente, alegando que eu estava correndo riscos desnecessários e que ela me contaria tudo nos mínimos detalhes, no próximo encontro. Tentei contrariá-la e permanecer ao seu lado, mas ela foi tão incisiva que me convenceu a seguir suas recomendações e ir embora.

Na saída, reparei que algumas pessoas articulavam e davam cobertura à minha retirada. Usavam uma estratégia: as pessoas amigas iam na frente, para checar se a polícia já havia se retirado para longe ou se estaria estacionada por ali. Outras andavam bem perto para me garantir uma retirada rápida e um esconderijo, caso a polícia me surpreendesse em um retorno para a favela, uma vez que o PM não havia encontrado Cida. Em suma, eu corria o risco de uma ameaça em potencial. Esses momentos foram muito tensos. Apesar do susto, vi que Cida tinha a amizade e a confiança de muitos dos seus vizinhos, e isso me tranquilizou um pouco. Pelo menos, ela não estava totalmente só.

Não sei o que me deu na cabeça, mas, antes de seguir para casa, dei ainda três voltas nos arredores da favela, na expectativa de encontrar o PM rondando a área e ver de perto suas feições. Hoje, reconheço que dei muita sorte por não tê-lo encontrado. Até porque eu não saberia o que fazer. Não estava preparado para enfrentar um Golias daquele porte, e menos ainda tinha em minha defesa a funda do Rei David, para igualar as forças. Peguei-me mergulhado nessas ponderações, o que me fez relaxar um pouco e ironizar sobre a minha situação de inferioridade diante de tamanha força bruta. Com o que pude ainda resgatar de humor, pensei: *Nos dias de hoje, não seria mais uma funda, mas um estilingue e uma pedra? De que tamanho? Não, no caso do policial, teria que ser uma bilha de aço bem grande, com o mínimo de uma polegada de diâmetro. E quantas oportunidades eu teria de acertá-lo, antes dele poder reagir? Uma só. Eu teria que ser preciso, não poderia errar de forma alguma. E se o derrubasse, cortaria a cabeça dele? Seria bom seguir o exemplo do rei David. Com um inimigo desse porte e nível de periculosidade, todo cuidado é pouco. O bom mesmo seria ter uma boa escopeta com muitos cartuchos, para melhorar as minhas chances de sobreviver ao troglodita.*

Esses pensamentos de como reagir ou me defender no caso de um encontro que resultasse em confronto, martelava incessantemente na minha cabeça. As tensões resultantes do encontro com o PM estavam me fatigando. Eu não conseguia esquecer, não conseguia dormir. Só mesmo um calmante para me fazer dormir e descansar.

Ao acordar pela manhã, fui direto para o guarda-roupa pegar a minha arma e minhas munições. Estava decidido que, daquele dia em diante, eu passaria a andar armado para a minha própria segurança. Escondi a arma na cintura de forma a não causar preocupação à família, tomei o meu café da manhã, e segui para o estaleiro.

Estava tão resoluto, que não considerei o quanto minhas chances reais de derrotar o PM eram mínimas. Afinal de contas, eu estava me contrapondo a um profissional que tinha porte e prática no uso de armas. Alguém acostumado, quase que diariamente, a enfrentar bandidos (como ele) com trocas de tiros fatais.

O fato de me sentir em desvantagem, porém, não me intimidava, pelo contrário, fazia-me pensar em estratégias que equilibrassem as nossas diferenças e melhorassem minhas probabilidades de derrotá-lo. Àquela altura, eu já dava como inevitável um encontro entre nós e imaginava um final drástico e dramático. Mas não importava, eu estava dominado por um sentimento paternalista que me dava coragem e determinação para cumprir com as minhas obrigações de pai. Era uma obrigação minha dar fim ao sofrimento de Cida.

No dia seguinte ao incidente na favela, como não consegui

dormir bem à noite, levantei mais cedo, fui logo para o estaleiro e comecei a revisão final dos relatórios que seriam encaminhados à seguradora. No intervalo para o almoço, procurei novamente Mario — agora já considerado meu conselheiro —, e relatei detalhe por detalhe do que havia acontecido na tarde do dia anterior. A cada acontecimento narrado, ele ficava visivelmente mais preocupado comigo, mas não comentava nada, apenas ouvia atentamente tudo que eu relatava. Quando encerrei a narrativa, ele disse:

— Manel, você caiu numa furada, homem. Saí dessa, rápido, porque você vai se dar muito mal, e de verde e amarelo. Porra, Manel! Pensa na sua vida! Na sua família, cacete!

Para quem estivesse por perto ouvindo suas exclamações, a impressão era a de que estávamos brigando. Mas, na verdade, estávamos trocando confidências num momento muito turbulento, sem precedentes em minha vida.

As novas preocupações me fizeram ponderar muito a respeito de manter Cida como minha amante. Por eu gostar muito dela, no entanto, decidi que ela merecia todo o meu empenho para afastá-la daquele Golias. Olhando firmemente para Mario, disse:

— Não posso me afastar assim, Mario. Vou enfrentar a fera! Está decidido. Esse merda não vai mais bater e nem maltratar Cida e mais ninguém. É um covarde que vai sentir na pele o efeito do próprio veneno. — Eu estava transtornado. Fora de mim. Disposto a ir até as últimas consequências. Nesse momento, eu não fazia ainda a menor ideia da verdadeira história que estava por conhecer. O que esse bandido impunha sistematicamente a Cida estava longe da minha imaginação.

A resposta de meu amigo veio de imediato:

– Manel, me escute. Pense mais um pouco e com a cabeça fria. É a sua vida que está em jogo, cara! Sai dessa!

Como vou viver em paz com a minha consciência, sabendo de um bandido travestido de policial que maltrata as pessoas indiscriminadamente e, entre elas, a minha Cida? Esse homem é um monstro e tem que ser contido, pensei, mas sem me manifestar para o meu colega, para não o preocupar ainda mais.

Capítulo catorze
A pior das revelações

Aquela tarde seria diferente de todas as vivenciadas por mim e Cida. Eu, que já estava no limite da aceitação de tudo o que ela passava, não fazia ideia do que ainda estava para ser conhecido de sua vida. Tudo de ruim, doloroso e triste que ela suportara e vivera até então não representava nada diante da gravidade do novo fato que eu viria a saber e que era o seu maior sofrimento, o seu maior segredo. Também com essa revelação nossa história estaria próxima de uma grande guinada.

Mal entrei no carro para ir vê-la e dei a partida rapidamente, como se estivesse sendo perseguido. Sentia-me ameaçado, o meu estado de alerta levara embora a minha tranquilidade, e a ansiedade me fazia acelerar o carro ao máximo, em direção à pensão. Próximo de lá, me peguei observando os arredores, como se estivesse cercado, ameaçado, o que, de certa forma, estava por acontecer. Procurava por qualquer carro-patrulha da PM, principalmente o Patamo — Patrulha Tático Móvel — que era dirigido pelo bandido, para evitar qualquer tipo de contato que pudesse me colocar frente a frente com ele. Pedro, o Grosso: era assim que ele era conhecido na região. Um apelido que fazia jus ao seu tamanho e às suas maldades.

Até o motel, eu e Cida não tocamos no assunto do encontro com o PM, mas, mal entramos na suíte, eu comecei a cobrar explicações a respeito do ocorrido na véspera. Era preciso uma justificativa para todo aquele medo. Porque eu fora escondido no barraco da vizinha, como se fosse um bandido, um foragido? E por que o nervosismo de todos, com a presença daquele PM na favela?

— Por que quer tanto saber? — Ela me perguntou, claramente incomodada.

— Por quê? Porque preciso saber o que está acontecendo, que riscos você, eu e todos naquela favela correm com a presença daquele brutamontes! — justifiquei.

Cida pensou muito, mergulhou num silêncio profundo e calou-se. Sempre que eu esboçava uma palavra qualquer, ela me calava delicadamente, colocando seus dedos suavemente sobre os meus lábios. Aos poucos, convenci-me de que tinha que conter a minha ansiedade e esperar pelo tempo dela. Ela estava buscando forças para me confidenciar o seu maior segredo.

A espera longa deixou minha boca seca. Levantei-me e fui ao frigobar pegar um refrigerante. Quando me sentei ao seu lado na cama, ouvi sua voz embargada esforçando-se para colocar para fora palavras que saíam engasgadas de sua garganta. Olhei para ela, e antes que eu pudesse me pronunciar, a vi chorando amarguradamente. Assistindo à cena mais triste de que tenho lembrança na vida, concluí que o que ela guardava em seu coração deveria ser algo gravíssimo, devastador para uma alma humana. Seu sofrimento me passou a sensação de um sofrimento profundo, um abandono e um desalento que me emudeceram e me levaram a me compadecer daquele ser humano ao meu lado. Sim, Cida, naquele momento, era um ser humano tomado de angústia e que parecia querer morrer. Abracei-a e ficamos em silêncio por mais algum tempo. Não estávamos nus — mantínhamos até os sapatos — mas nossas almas em breve seriam despidas de qualquer proteção. O clima estava devastador.

Cida levantou-se avisando que tomaria um banho. Concordei, balançando a cabeça, e ela foi para chuveiro, sem falar mais nada. O pouco tempo que fiquei aguardando, comecei a tentar adivinhar o que de tão grave poderia ser. Ela voltou do banho enrolada na toalha e, olhando nos meus olhos, disse:

— Vamos terminar a nossa relação. Agora. Vai ser melhor para nós dois.

A minha surpresa foi tão avassaladora, que cheguei a ficar sem respiração. Sem pestanejar, respondi:

— Foi o banho que te vez enlouquecer? Você acha que vou abrir mão de você, assim, sem uma explicação plausível, e tão facilmente? Conte até mil e depois, volte a falar comigo a esse respeito. Ah, e conte de trás para frente.

Continuei falando e fui me despindo. Depois de totalmente nu retirei a toalha de seu corpo e a despi também. Abracei-a fortemente, demonstrando o quanto a desejava e a queria comigo. Em seguida, levei-a para a banheira de hidromassagem e nós nos entregarmos aos prazeres que gostávamos de proporcionar um ao outro.

Após alguns longos minutos relaxantes, deixamos a banheira e fomos para a cama, com outro estado de espírito. *Teria ela achado que o fato de não a procurar de imediato, assim que entramos na suíte, significava que não a desejava mais e que terminaria com ela, por causa do susto na favela?* Com muita cautela, comecei a comentar o ocorrido no dia anterior, tentando despertar nela a vontade e a coragem de me confidenciar mais aquele segredo de sua vida.

Muito carinhosa, Cida sussurrou no meu ouvido:

— Depois do que aconteceu ontem, pensei que você não ia

mais me procurar. Que este seria o nosso último encontro. Por isso aceitei os seus carinhos, para me certificar que você ainda gosta de mim, mesmo que o clima esteja muito pesado para isso.

Depois de ouvir seu desabafo, relaxei e me entreguei ainda mais aos seus braços que me apertavam com força. O tempo foi passando assim e, quando eu menos esperava, ela começou a contar o seu pior pesadelo:

— A minha mãe, depois que fomos obrigadas a morar na favela, se dedicou exclusivamente ao meu bem-estar. À minha segurança, principalmente. Ela era o meu escudo, 24 horas por dia. Para você entender, eu nunca passei um dia sequer com fome, enquanto ela sim, e inúmeras vezes. Com o tempo, descobri que quando a comida era pouca, só eu comia. E assim a vida foi passando e eu fui crescendo razoavelmente protegida das mazelas da favela. Teve aquele período em que fui internada nos colégios, e que me alimentava bem e tinha roupas, cama decente, mas eu já te contei que isso durou pouco. Enfim, a principal preocupação dela comigo era com a minha integridade física. Ela não me deixava sair do seu campo de visão por nada nesse mundo. Aí eu fui crescendo e cada vez mais aumentava a vigilância dela comigo, a ponto de eu não ter tido nenhum namorado até os meus 15 anos. E isso me incomodava muito. As minhas amigas na favela, com doze, treze anos já haviam começado a namorar e eu nada. Algumas até engravidaram com treze anos. Isso preocupava ainda mais a minha mãe. Só que de nada adiantou todo o sacrifício dela.... Não adiantou nada... — Cida fez uma pausa que mais parecia um lamento. — Conhece aquele ditado, contra a força não há resistência? Eu senti isso na pele, e isso desperta um maldito sentimento de impotência. É triste demais.

Quando parecia que ela ia se aproximar do assunto que envolvia o famigerado PM, Cida começava a fazer rodeios e fugia da questão. Sem demonstrar impaciência e com muito tato, eu voltava a insistir que ela fosse direto ao assunto e me contasse tudo. "Só assim eu poderei entender o que está acontecendo e te ajudar", eu dizia.

Do nada ela me perguntou sobre o seu barraco:

– Amor! Você nunca disse nada, se gostou ou não do meu barraco.

Surpreso, respondi sem pensar, impulsivamente:

— Gostar como? É impossível alguém gostar de um barraco, você não acha?

Visivelmente magoada, ela me respondeu:

— Fui eu que o construí. Eu e minha mãe morávamos de aluguel ou de favor, até que um dia removeram uns entulhos que estavam no lugar do barraco, e a comunidade deixou que nós montássemos o nosso próprio barraco ali. Por sorte, tinha um material de demolição abandonado num terreno baldio por perto, e eu peguei tudo o que consegui carregar. Comecei a levantar as colunas com os caibros mais fortes, eles ficaram meio bambos, mas eu os travei com os paus que montei o telhado. Depois passei para as paredes e deixei os buracos para a porta e para a janela. Se eu tivesse um serrote e outras ferramentas, teria ficado bem melhor, e teria sido mais rápido também. Levei quase três meses para terminar e ficar do jeito que está. Mas está bom. É o meu cantinho, e eu me orgulho dele.

Achei muita graça do jeito como ela falou do barraco e resolvi implicar:

— Pô! Mas não tem nem assoalho!

— Não faz muita falta não, a chuva vem de cima, só o telhado já está bom. Peguei o entulho, para levantar o piso de forma a chuva não invadir, e a água da chuva corre pelas valas, pelo lado de fora. — Com um sorriso meio maroto, como se com um ar de deboche, continuou: — Por baixo, só entra um pouquinho de poeira. Sabe o que eu acho mais engraçado no barraco? É que, quando você olha por fora, a janela parece grande, mas por dentro, o buraco é mínimo. Então, quando a janela está fechada, parece grande e fora de esquadro, mas quando está aberta, é só aquele buraquinho quadrado. Como eu não tinha serrote para cortar as madeiras e nem martelo para pregar, fui montando as tábuas para deixar os espaços do tamanho que fosse possível. Não deu para ajustar nenhum deles direito, mas, mesmo assim, hoje temos o nosso canto, e a nossa vida melhorou bastante.

Fiquei atordoado. Pelas declarações da Cida, parecia que não havia diferença entre a minha cobertura e o barraco dela. Ela se orgulhava dele tanto quanto eu do meu apartamento, principalmente por ter sido ela a construí-lo. Fiquei tão impressionado, que, por um momento, até esqueci do PM bandido e fiquei pensando a respeito das minhas posses e bens materiais e do meu padrão de vida em comparação aos dela.

Ainda meio confuso com os valores que ela atribuía ao próprio barraco, olhei as horas e vi que já estava quase na hora de deixarmos o motel. Desanimado, disse a ela que o nosso tempo estava se esgotando. Como resposta ela me abraçou, passou uma perna sobre as minhas e, com a voz trêmula, continuou:

— Um dia, eu estava tomando o meu banho de bacia, quando, de repente, a porta foi arrombada e um PM se jogou para dentro do barraco, para se proteger de um confronto com uns bandidos. Assustada, eu me joguei da bacia para o meu colchonete e fiquei ali, totalmente indefesa. Quando ele me viu nua, totalmente sozinha e à mercê do que pudesse acontecer, ficou paralisado, me olhando, até que chamou outro PM e deu ordem para ele montar guarda na porta. Deve ter esquecido que corria risco de morte. Do lado de fora, os bandidos trocavam tiros com a polícia. Dava para ouvir toda a correria, e ele estava ali, indiferente a tudo, só me olhando. Logo percebi as intenções dele e fiquei apavorada. Tentei me vestir correndo, mas quando ele viu que eu ia pegar a minha roupa, ele pegou bruscamente a minha mão, sacou a arma, pressionou-a contra a minha testa e disse: "Se gritar, você morre. Seja boazinha."

"Com o corpo todo trêmulo, a cabeça baixa, e o queixo enfiado no peito, eu tentei disfarçar o choro. Eu estava com muita vergonha e muito medo. Estava apavorada. De tão desesperada, fiquei congelada, paralisada. Pela primeira vez me senti totalmente só, desprotegida. *Onde está a minha mãe!? Mãeeeee!*, gritei em pensamento. Um grito que assombrava a minha alma.

"Quando aquele homem assustador de tão grande apontou uma arma para mim, começou a me olhar com uma expressão demoníaca, e a abaixar as calças, acho que desmaiei por alguns minutos. Foi aí que começou o pior dos meus pesadelos. Foi assim que perdi a minha virgindade. Depois de todos os esforços da minha mãe para me proteger das ameaças da favela, fui violentada, agredida, torturada pela própria polícia. Como imaginar uma desgraça dessa?!"

Ouvi palavra por palavra do que Cida me contava e me controlei ao máximo para não explodir de tanta indignação. De tanto ódio. Sinceramente, não há palavras que descrevam tudo o que senti. A princípio, mesmo com tanta revolta, acho que fiquei também paralisado. E devastado. As imagens que criei em cima das narrativas de Cida me arrasaram, e a tristeza foi total, absoluta, sem limite. O ódio também. Pela primeira vez o ódio me fez sentir um gosto amargo na boca. Eu estava encolerizado. A revolta crescia desmedidamente. Depois, tive a sensação de sangue brotando na língua, se disseminando pelos cantos de minha boca. Sem dúvidas, esse foi o pior momento de todo o nosso tempo juntos. Fiquei tão transtornado que, por um breve momento, cheguei a me arrepender de ter insistido tanto para saber de seu maior segredo.

Não sei quanto tempo estive em estado de choque, com todos os meus sentimentos descontrolados. Foi como se tivesse perdido o chão. Duvidado do céu, ido até o inferno. Foi um descontrole inédito, inimaginável. Quando recuperei os sentidos, senti o soluçar de Cida e logo a abracei com mais força. Beijei carinhosamente todo o seu rosto. Seus olhos estavam bem fechados, as pálpebras apertadas. Ficamos parados, imóveis e em total silêncio durante um bom tempo, até que ela foi se acalmando aos poucos enquanto eu buscava palavras e gestos que pudessem retratar o meu pesar, a minha indignação.

Percebendo que minha resposta ao seu relato era uma profusão de sentimentos de solidariedade, apoio, compreensão, e que meus afagos se intensificavam, Cida me apertou tanto, que parecia querer fundir os nossos corpos. Comecei então a compreender o porquê de tantas preocupações comigo. Não era só a vida dela que estava em jogo, mas a minha também. A partir deste dia, tudo mudou no meu entendimento em relação a ela.

Embora todo o seu corpo estivesse em comunhão com o meu, seu rosto permanecia escondido contra o meu peito. Com carinhos em seus cabelos e em seu rosto, fui levantando sutilmente sua cabeça, até que nossos olhares se alinhassem. Eu queria olhar para dentro de seus olhos e dizer que não ficasse assim, que não sentisse vergonha do que acontecia a ela, que ela era vítima de uma sociedade toda errada e que nada, nada mudaria entre nós. Com uma das mãos, peguei a ponta do lençol e cobri o seu corpo nu, como se quisesse protegê-lo de tudo e de todos, até mesmo de mim. Continuei esperando seu olhar cruzar o meu até perceber que eu também chorava. Minhas forças tinham se esvaído, e eu estava mergulhado junto com ela, em seu sofrimento.

Ainda com os olhos fechados, Cida conseguiu expressar um pouco de alegria ao saber que eu continuaria ao seu lado. Esboçou palavras de gratidão e desabafou dizendo o quanto ela estava apreensiva com a minha possível reação a tudo o que contara. Eu a tranquilizei com mais carinhos e elogios. Deixei claro que tudo mudara sim, e muito, mas para melhor. Depois de conhecida todas as suas lutas e desafios, afirmei que a considerava minha heroína, minha guerreira, uma pessoa muitíssimo especial.

— Passar por tudo que você tem passado e não se dar por vencida, pelo contrário, estar sempre otimista e sorridente, isso não desperta apenas compaixão em quem conhece a sua história, mas um respeito e uma admiração muito grandes.

Sensibilizada por minhas afirmações, ela retomou o fio da meada e recomeçou de onde havia parado:

— Depois daquele dia, Pedro, aquele monstro, voltava para me procurar quando bem quisesse. Eu e a minha mãe fomos procurar o comando do quartel onde ele servia, para denunciá-lo, mas não deu em nada. E a coisa foi se estendendo. Eu não tinha como evitá-lo ou me esconder dele. Uma vez em que eu estava menstruada e me escondi na própria favela, para evitar qualquer contato com ele, ele foi ao meu barraco e, como não me encontrou, maltratou a minha mãe. Bateu nela, apontou uma arma e fez todo tipo de covardia para força-la a falar onde eu estava escondida. Só que ela não sabia onde eu estava. Um conhecido, vendo aquela cena degradante, conseguiu me achar, me contou o que estava acontecendo e eu voltei correndo para socorrê-la. Aí então não teve jeito e eu fui obrigada a me sujeitar novamente às baixarias daquele monstro. Foi o pior dos momentos com ele. Eu chorava muito de vergonha, tristeza e dor, mas ele não se importava com nada. Mantinha a arma na mão, intimidava a mim e a todos que sabiam do meu martírio e gostariam de me ajudar. Ele nunca estava sozinho, vinha sempre acompanhado de um grupo de PMs, para dar cobertura. Sempre que ele vinha, eu ficava vários dias sem sair do meu canto, de dentro do barraco. Tinha tanta vergonha de todos os vizinhos, que não tinha coragem de sair de casa. — Cida ficou em silêncio e depois continuou:

— Querido, é difícil o que eu vou te falar..., mas tenho certeza de que o meu namorado morreu na mão desse homem. Ele é um animal, um monstro, meu namorado deve ter voltado a me procurar e deve ter apanhado até morrer. Depois, Pedro deve ter escondido o corpo em algum lugar de desova, onde nunca será encontrado.

— É provável sim. A força bruta é uma arma letal para um ignorante. E esse homem é um criminoso, Cida, um animal. E vai ter que pagar por tudo o que fez. — Instintivamente, estendi o meu braço até alcançar o revólver calibre 38 que estava próximo à beirada da cama no chão, e o coloquei ao alcance da mão. Não tive mais dúvidas de que teria que usá-lo e mantê-lo perto de mim o tempo todo, a partir daquele momento.

— O que você vai fazer? Como vai ser? Ele já deve saber da sua existência.... Por isso eu não queria que você fosse mais à favela, nunca mais. — A preocupação era evidente em seu rosto.

— Sei disso, querida. Mas não vou fugir desse camarada e nem de nenhuma ameaça. Vou tomar cuidado e pensar na melhor solução para afastar esse merda das nossas vidas.

Capítulo quinze
Novo emprego para Cida
Minha decepção com o comandante da PM

No dia seguinte, motivado pelos novos fatos da vida da Cida, liguei para uns conhecidos no Rio de Janeiro e arrumei um novo emprego para ela na cidade: trabalharia numa pensão só para moças. Se tudo desse certo, logo ela teria uma casa para ela e para a mãe. Foi um alívio para nós. Só que, se com isso eu parecia ter resolvido um problema, sem saber, criara outro, embora muito menor: com ela morando e trabalhando no Rio, do outro lado da baía da Guanabara, e eu em Niterói, ficara quase impossível eu e Cida nos encontrarmos. A distância que nos separava era grande, e o fator tempo, o nosso maior obstáculo. Com isso, a rotina de nossos encontros mudou completamente. Com muito esforço, nos encontrávamos uma vez por semana, às vezes, nem isso. Essa mudança, porém, não durou muito. Antes que pudéssemos resolver a situação de sua mãe, o policial entrou em cena novamente. Por meio de maldades e agressões, conseguiu tirar da mãe de Cida informações sobre o paradeiro dela e foi buscá-la, trazendo-a de volta para a favela.

Enfurecido, eu decidi ir ao quartel onde o PM servia, para dar queixa diretamente ao seu superior. Na recepção, tomei conhecimento de que seu chefe era um velho amigo de meu pai e que me conhecia também. Isso renovou a minha esperança de resolver tudo de uma vez. Na guarita, identifiquei-me e solicitei uma audiência com o comandante, que já me esperava de pé, junto à porta de seu gabinete. Senti-me otimista e até feliz.

Cumprimentei-o e sentei-me de frente para ele, num ambiente bem social, onde havia uma mesinha de centro com quatro poltronas pequenas. Pelo que percebi, aquele gabinete era público. O comandante quis notícias do meu pai, e conversamos um pouco sobre assuntos diversos.

Mostrando-se muito surpreso com minha inesperada visita, perguntou, muito solícito:

— Então, em que posso servi-lo?
— Comandante, eu só estou aqui, porque fui informado que era o senhor que estava no comando deste quartel. Necessito de uma orientação e se, possível, de uma ajuda muito importante.
— Manoel, o que estiver ao meu alcance, estou à sua disposição.

Muito mais confiante, contei parte da história e comecei a relatar as aberrações praticadas por um dos seus subalternos. O comandante se mostrava indignado, insistia em afirmar que não podia permitir tamanha barbárie sob o seu comando. Antes que eu concluísse a história, ele me interrompeu, perguntando:

— Quem é esse animal? — Estava com caneta e papel na mão. Insistiu: — Qual o nome dele?
— Ele é conhecido como Pedrão, o Grosso — respondi, sem pestanejar.

Sua reação foi explosiva. Levantou-se da poltrona e, aos berros, vociferou sem parar, enquanto andava de um lado para o outro da sala.

— Caralho! — Usava o jargão policial. — Puta que pariu!, PORRA! Eu tenho mais de dois mil homens sob o meu comando, e você vai se meter logo com esse infeliz? — Cara a cara comigo, olhando fixo nos meus olhos, continuou: — Meu caro, esse homem tem parte com o diabo. Olha bem, vou te dar um puta conselho: você largue essa mulher, esqueça ela, porque você arrumou a pior sarna para se coçar. Eu quero te ajudar e vou provar isso agora: vou resolver o seu problema. Me diga: quantas mulheres você quer para esquecer dessa porta de cemitério? — Ele se referia a Cida, e eu me sentia cada vez mais incomodado. — Diz! Diz logo! Quer dez? Te arrumo agora mesmo. Conseguimos a mulherada que você quiser, e todas de primeira, lindas e gostosas. É só escolher. Não é brincadeira não, eu tô falando a verdade. Eu mando buscar as mulheres que você quiser e trago pra cá, para você levar embora e me prometer se esquecer dessa infeliz.

Chocado com a reação escandalosa e superficial ao meu pedido, fiquei mais impressionado com o comandante do que já estava com o PM bandido. Indignado e chocado retruquei:

— Comandante, eu não estou entendendo. Esse homem é um criminoso. Um estuprador! Não era para ele estar servindo à PM ou qualquer outra instituição! Ele deveria estar preso!

— Olha aqui, meu amigo, sei que é difícil explicar certas coisas, e esta é uma delas. Esse FDP já deu tiro no próprio irmão aqui dentro do quartel. Todas as investidas contra a bandidagem, por esses morros e favelas, nós sempre mandamos ele na frente, na esperança de que o matem. Mas não! Todos se fodem, e ele sempre volta inteiro, sem nenhum aranhão. E traz ainda o mérito de ter derrubado a bandidagem toda. Se tem coisa que nós queremos é eliminá-lo daqui do quartel..., mas o animal é o próprio demônio. E tem costas quentes. Infelizmente esta é a dura e triste realidade.

Desapontado, vi que o PM aterrorizava até o comando do quartel. Sem caber em mim de tanta decepção, e sem me sentir acuado, disse:

— Se o senhor não pode me ajudar, então eu vou resolver sozinho. Se ele voltar a procurar pela minha mulher, eu vou acertar as contas com ele. — O comandante balançou negativamente a cabeça.

— Meu amigo, você não tem a menor chance contra ele, você tá me ouvindo? Esquece esse capeta. Eu já te disse que ele tem parte com o demônio, se não for o próprio. Tenha certeza disso.

Levantei-me, apoiando os braços na poltrona e olhando firmemente nos olhos do comandante.

— Como o senhor não pode me ajudar, eu vou ter que resolver sozinho. Não deixo e nem troco a minha mulher por nada neste mundo. Nem mil mulheres me fariam dar as costas para ela. E esse cara pode ser o que for, mas não me mete medo, não. E eu estou decidido a encará-lo!

O Comandante coçou a cabeça com nervosismo, e aconselhou-me:

— Pense bem no que você quer fazer. Eu respeito os seus sentimentos, mas você é uma pessoa do bem. Ele é do mal. Ele tem experiência no combate com armas, é descolado em violência. Tá acostumado a matar bandido e qualquer um que atravessa o caminho dele. As suas chances são mínimas. Você vai precisar de muita sorte e de muita ajuda dos santos.

Neste momento senti-me confiante e seguro. Desde muito tempo, bem anterior a essa época, eu já confiava na sorte e nos meus guias espirituais.

Ficou bem claro para mim que eu não teria o apoio do comandante e, para falar a verdade, tremi na base, pois eu sabia que esses conselhos eram para ser seguidos. Todavia, eu tinha uma forte razão para expor a minha vida à própria sorte: uma mulher chamada Cida, que me conquistara em todos os sentidos, principalmente pela sua história, pela sua força e pela sua nobreza de espírito.

Inconformado com a posição do comandante, agradeci por pura convenção e deixei claro que esperava uma ajuda mais eficaz. Antes de sair de seu gabinete, fiz uma última solicitação:

— Bem, comandante. Eu tenho uma arma e, se necessário, vou usá-la para me defender. O que eu gostaria é de poder contar com a sua ajuda para me livrar de possíveis complicações, caso eu mate esse bandido e venha precisar de cobertura.

O comandante deu um sorriso forçado e acenou com a cabeça, insinuando que confirmava o meu pedido.

— Meu caro. Boa sorte, porque eu sei que você vai precisar de muita. — Foram as últimas palavras dirigidas a mim.

Capítulo dezesseis
Por conta própria

No dia seguinte, logo pela manhã, Cida ligou para o meu trabalho e disse que o policial estava na favela. Transtornado, fui ao encontro dela, desafiando todas as ameaças. Decidido a enfrentar o PM, empunhei a minha arma escondida sob a barra da camisa e invadi a comunidade. Estava cego de tanta sede de vingança. Sentia um ódio descomunal. Tudo o que eu queria era enfrentá-lo e acabar com ele.

O PM, porém, não estava mais lá, quando cheguei. Convenci Cida a deixar a favela, mais uma vez, e a ir rapidamente comigo para uma pensão próxima da Praia das Flechas. Combinei com ela que lhe arrumaria outro emprego o mais rápido possível, e que, até lá, eu arcaria com todas as suas despesas.

— E a minha mãe? — perguntou, e eu disse que arcaria com as despesas dela também e a tiraria dali, assim que fosse possível. Apesar de relutar muito, Cida acabou aceitando. Não tinha escolha.

Passada uma semana, consegui uma vaga de recepcionista para ela, em um consultório dentário na Praia de Icaraí. Com ela morando e trabalhando em Niterói, a rotina dos nossos encontros voltou quase ao normal, e nós voltamos a nos encontrar pelo menos duas vezes por semana.

Quando nos encontrávamos, um assunto era obrigatório: a sua segurança. Sua segurança, falávamos, dependia cem por cento do seu sigilo. Ninguém poderia saber dos endereços de seu trabalho e moradia. Era a única forma de manter o PM distante dela e de mim. Cida concordava e prometia manter-se afastada da favela, dos amigos e da mãe que, durante esse período, ficaria escondida na casa de uma vizinha.

Era uma vida nova que se descortinava sem privações, sacrifícios e temores de violência que marcavam a sua vida, desde criança.

— Você voltou para Icaraí, Cida. De onde nunca deveria ter saído. O caminho foi longo e penoso, mas você está de volta ao seu lugar. — Ela, como de costume, me retribuía com a doçura de seus beijos e carinhos.

Passados alguns dias, estávamos mais relaxados a ponto de procurar um colégio noturno para ela avançar nos estudos e pensar também para onde remanejá-la junto com a mãe. Parecia que aquela escolha seria certeira e duradoura. Minha condição financeira continuava melhorando com os bons resultados dos processos de ressarcimento junto às seguradoras e parecia que não faltava mais nada para tudo se resolver. Como tínhamos dinheiro para realizar e suprir todas as nossas despesas, tudo parecia ir muito bem.

Como ela mudara radicalmente de status, foi obrigada a aceitar meus presentes, como um enxoval de roupas e calçados para o trabalho e para o dia a dia. Sendo agora moradora de Icaraí, Cida tinha que se apresentar à altura do seu novo habitat. Nossas idas às lojas eram divertidas e ela ria muito. Achava engraçado carregar tantas sacolas de compras com roupas e sapatos para ela. Comentava sempre que, em uma única semana, ganhara mais roupas do que durante a vida toda. Lembro-me perfeitamente de como ela estava feliz, parecia uma criança abrindo presentes de aniversário. Com um sorriso constante, de ouvido a ouvido, expunha seus dentes lindos, emoldurados por lábios carnudos e sensuais. Aos meus olhos, Cida era linda de morrer. Tê-la ao meu lado justificava todos os riscos e sacrifícios que havíamos passado juntos, até aquele momento.

Com sua vinda para Niterói e para me adequar aos horários do consultório onde ela trabalhava, minha rotina mudou completamente. No trabalho, fiquei mais presente no estaleiro e não foi necessário me esforçar tanto, além do normal, em um horário reduzido. Em casa, porém, com a família, foi mais difícil, uma vez que eu tinha que chegar bem mais tarde, porque Cida deixava o consultório às 18h. Mas dei um jeito: quando ia pegá-la, eu chegava mais cedo para satisfazer as minhas filhas, e arrumava uma desculpa como ter de supervisionar algum trabalho em andamento no segundo turno, à noite, no estaleiro.

Dessa forma, tudo voltou ao normal. Só não era normal o que estava para me acontecer, fazendo o meu mundo virar de cabeça para baixo. Nossos momentos juntos e nosso relacionamento romântico em breve estariam com o tempo contado. Não era uma situação imaginada, muito menos desejada por nós dois, mas algo que acabaria acontecendo.

Capítulo dezessete
Meu primo Rui e o quebra-quebra no consultório

O dia em que deixei o quartel, eu estava tão desnorteado, que não sabia o que fazer e nem para onde ir. Levei um tempo para me recuperar e depois decidi voltar para o trabalho. Lá, tive uma ideia: terminado o expediente, eu iria procurar um primo que até hoje tenho como irmão. Rui é o seu nome. Rui foi forjado pelas agruras da vida, superou todos os obstáculos e adversidades que encontrou pelo caminho e, com isso, adquiriu a tenacidade necessária para continuar vivendo com alegria. Nós nos damos muito bem e, desde o início do meu relacionamento com Cida, ele tinha conhecimento dos meus problemas e me dava apoio incondicional. Quando eu precisava desabafar com alguém de minha total confiança, ele era a pessoa certa.

Nesta época, eu e Rui éramos motoqueiros e gostávamos de passear à noite pelas praias de Niterói. Numa sexta-feira, combinamos de sair para tomar umas cervejas — ele com sua namorada e eu com Cida. Na hora marcada, nos encontramos no local combinado e ficamos aguardando Cida deixar o trabalho. Acontece que a hora marcada passou e Cida não apareceu.

De tão atrasada, pedi à namorada de Rui para ir ao consultório e ver quanto tempo ela ainda demoraria. Com as motos paradas e apoiadas nos descansos, ficamos encostados em seus assentos, aguardando seu retorno. Pouco depois, fomos surpreendidos com o retorno da namorada de Rui, que veio ofegante e muito assustada. Preocupados, tentávamos entender o que a moça falava, uma vez que, desde o início, ela estava tão nervosa a ponto de não conseguir formar uma frase com nexo. Àquela altura eu já estava esperando pelo pior, e foi o que aconteceu.

— Tem um homem lá, de mais de dois metros, igual a um gorila, quebrando tudo no consultório e...

Antes mesmo de ela terminar a frase, eu já estava montado na minha moto e partia desesperado para o consultório. Foi coisa de segundos, a distância era de aproximadamente cento e cinquenta metros, de esquina a esquina. Chegando lá, desci da moto e a deixei cair na calçada, para não perder tempo, subindo a escada e me jogando para dentro do consultório. De arma em punho, entrei na sala de espera, pronto para enfrentar o PM, mas ele já havia ido embora. O que vi foi uma grande desordem: mesa, poltrona e cadeiras viradas, telefone no chão, revistas espalhadas pela saleta. Certo de que Cida não estava mais no consultório, saí rapidamente pela rua, deixando para trás a bagunça, um cliente assustado e o próprio dentista que se recuperava de um desmaio. Na pressa de encontrar o PM, deparei-me com Rui, que também chegava com uma arma em punho. Nós nos entreolhamos, e pedi a ele que descesse pela praia enquanto eu seguiria pela Av. Roberto Silveira.

— Temos que achar esse verme! — exclamei. — Mas deixa ele para mim. Ele é meu! — Quando liguei a moto para partir, um sujeito apareceu na minha frente.

— O grandão saiu num carro vermelho, um Chevette. Empurrou uma mulher para dentro do carro, à força.

Com essa informação, fiquei possesso, descontrolado e, quando me dei conta, já tinha dado várias voltas por inúmeras ruas de Icaraí, na tentativa de encontrá-los e salvar a Cida das mãos daquele homem. Como não os encontrei, fui à favela esperar pela chegada deles. Tinha decidido que daquela noite não passaria.

Era imperativo que eu o enfrentasse até as últimas consequências, e não importava se tudo terminaria em tragédia ou não. Próximo à favela, deixei a moto escondida numa reentrância de um muro próximo e sai à procura do carro vermelho, com a arma engatilhada, pronta para usar. Procurei o quanto pude, mas não localizei o Chevette e nem nenhum outro carro que fosse suspeito. Arrasado, imaginando o que poderia estar acontecendo a Cida, resolvi permanecer lá, até ele voltar com ela. Estrategicamente, escolhi um local que me pareceu adequado para uma emboscada.

As horas passavam e nada deles chegarem. A cada minuto, eu conferia o relógio, e assim foi até surgirem os vestígios do amanhecer. O céu já clareara, quando me senti mais calmo e pude avaliar melhor a minha real situação. Fui bombardeado por inúmeros sentimentos, principalmente o de culpa por não ter evitado mais uma agressão a Cida. Pensei na importância do nosso relacionamento, busquei motivos que justificassem nosso envolvimento e, principalmente, avaliei os riscos e sacrifícios que sempre nos envolviam. Naquele momento, o sentimento que me movia era o paternalista. Eu me via como protetor dela, o protetor que ela nunca tivera. E continuava atocaiado, superando o cansaço e o sono para arriscar a minha vida em defesa dela. Nestas condições, planejei como reagir quando o PM chegasse e, de vez em quando, sacava a arma apontando para um alvo próximo, para me manter focado e me condicionar para um saque rápido e preciso. Tinha consciência de que não poderia errar o alvo. Pensei também que apontaria o primeiro tiro para as pernas, de preferência para a região do joelho, porque, assim, ele cairia perdendo o controle da arma, que eu pegaria em seguida. Se essa estratégia não desse certo, eu teria que mirar na cabeça, para não dar a ele a menor chance de revidar. Apontar para o peito seria ariscado demais, eu poderia me ver usando todas as balas do tambor para acertar em cheio aquele seu peito grotesco e descomunal, e o filho da puta poderia ainda continuar de pé, com tempo suficiente para reagir e me acertar. E olha que a minha arma era um 38 cano curto, arma potente e confiável na época, conhecida e respeitada pela força do impacto do projétil que, ao atingir seu alvo, dificilmente deixaria a vítima de pé. Mas dado o paredão que aquele bandido era, isso, provavelmente, não o abalaria tanto.

Durante essa espera tensa e temerosa, vários filmes passaram pela minha cabeça e meus sentimentos se alternavam a cada segundo. Ora eu parecia querer desistir, sentindo brotar um sentimento de arrependimento, ora sentia brotar o desejo de fazer justiça e colocar fim àquelas ameaças a nossas vidas. Esse conflito crescia cada vez mais, me deixando mergulhado em dúvidas. Dar cabo de uma vez àquela situação horrorosa ou desistir de Cida e voltar para o meu mundo seguro e confortável, junto com minha família? Não sei dizer quanto tempo mais fiquei ali, com a minha consciência me cobrando uma decisão. Sei, porém, que não esmoreci, mantive-me firme no meu propósito.

Perto das quatro da manhã, cansado de ficar de pé, encostado numa parede suja, quase sem reboco, resolvi mudar de posição para descansar as costas e ficar mais ereto. Em seguida, andei um pouco pela favela para sondar o ambiente, e me dei conta de que eu já estava em frente ao barraco de Cida. Tomado por uma curiosidade suicida, aproximei-me devagar e em completo silêncio. Olhando para todos os lados, certifiquei-me de que não havia ninguém por perto e enfiei a mão espalmada numa brecha entre a porta e o portal, empurrando a tramela que substituía a fechadura. A porta se abriu. Entrei silenciosamente no barraco, esperando me esconder lá dentro e surpreender o PM quando ele chegasse. O pior que poderia acontecer era eu dar de cara com ele lá dentro dormindo ao lado de Cida. *A hora é essa*, pensei, isso *tem que ter um fim, e que o fim seja dele, não meu*. Com todos os meus sentidos em alerta, apesar do escuro do barraco, vi que Cida e a mãe dormiam juntas — pude até escutar a respiração delas —, e aquela cena me fez lembrar de algumas passagens que Cida havia me relatado. Fui então invadido por uma sensação de paz, por vê-las sãs e salvas. Percebi então que ainda empunhava o meu 38 e, seguro de que não corria mais tanto risco, desarmei o gatilho e o devolvi ao coldre em minha cintura. Foi quando percebi que a coronha da arma estava encharcada do suor de minha mão.

Sem entender o que tinha acontecido na noite passada, fiquei parado para não as acordar e, logo depois, deixei o barraco, a favela e fui embora.

Chegando em casa, eu ainda estava muito tenso para dormir e, como não havia jantado, fui à cozinha e preparei um lanche rápido. Depois, tomei um banho. Não tive nenhum problema familiar por ter quebrado a rotina com um excesso considerável de horas extras noite adentro — a natureza do meu trabalho na construção naval exigia tais sacrifícios —, e, por isso, não precisei justificar o meu atraso. Tentei dormir, não consegui e voltei para a favela.

Com a arma na cintura, fui direto para o barraco da Cida e tentei conversar com a mãe dela, que informou que a filha tinha saído bem cedo para evitar que o PM a encontrasse novamente. Iria para a pensão, tentar recuperar o emprego. Contou-me também como ele a encontrara no dia anterior. Embora estivesse escondida no barraco de uma vizinha, a mãe de Cida fora descoberta pelo PM que ameaçou maltratá-la se ela não lhe contasse o paradeiro da filha. Foi terrível ouvir seu depoimento e me sentir um tolo por não ter acelerado o processo de retirada dela da favela também. Mesmo que eu tivesse suplicado a Cida que não contasse o seu paradeiro para a mãe, uma emergência de saúde fez com que elas se comunicassem e tudo deu no que deu.

Neste mesmo dia, meu primo Rui me procurou para ter notícias e ficou surpreso com o que lhe contei a respeito do desfecho da noite anterior. Relatou o que ouviu de algumas testemunhas. Disse que o PM tentou tirar Cida do consultório brandamente, mas, como ela reagiu, ele perdeu a paciência e revirou tudo na sala. Com a barulhada toda, móveis caindo e Cida gritando, o dentista abriu a porta e deu de cara com o PM apontando uma pistola para o seu rosto. Com o susto, o dentista desmaiou. O cliente que aguardava atendimento tentou sair correndo e levou uma coronhada na cabeça. Para o azar deles, quando estavam se recuperando do primeiro susto, entrei eu com a arma na mão e, em seguida, Rui, também armado. Apesar de dramática, a cena não deixou de ser cômica.

Trágica ou cômica, o risco que havíamos corrido fora imenso e eu agradeci a Deus por não termos dado de cara com o PM e feitos vítimas — o que, por questões de segundos, não acontecera. Talvez não fosse a hora ainda.

Capítulo dezoito
O fim

Deixei a favela assustado e frustrado por Cida não ter seguido minhas recomendações de sigilo. Eu sabia que seria muito difícil para ela evitar contato com a mãe, mas isso era preponderante para a sua, a *nossa* segurança. Aquele episódio colocara em risco a vida de muita gente. A minha integridade física, a dela, a de sua mãe e a de todos que estavam por perto. Mais do que antes, minha consciência continuava me cobrando uma atitude firme e conclusiva a respeito da nossa relação. Não demorou muito, ela chegou a um veredicto: a prioridade maior, absoluta da minha vida, era a minha família. Por mais que a Cida fosse importante para mim, o amor pelas minhas filhas era ainda maior.

Da favela, segui para a pensão para onde sua mãe me dissera que ela fora, e onde ela já aguardava a minha chegada, ansiosa e preocupada. Quando a vi bem, sem hematomas e sorrindo como sempre, respirei fundo e abracei-a com força. Trocamos algumas palavras de conforto e alívio e, assim que ela pôde sair, fomos para o motel mais próximo.

No caminho do motel, senti que, assim como eu, Cida também havia percebido que o ocorrido fora impactante demais para nós, e que nosso relacionamento não iria adiante. Sua vida era aquela, e a minha era outra completamente diferente. Eu não deixaria a minha família, ela não deixaria a mãe dela. Por mais coisas que eu fizesse, havia um caminho que cabia a ela trilhar e superar. Quando chegamos ao quarto, ficamos a maior parte do tempo em silêncio, de olhos fechados e mãos entrelaçadas, deixando nossas almas falarem por nós. Deitados lado a lado, mesmo sem comentarmos nada a respeito, sentimos que tudo estava mesmo diferente entre nós, que não era mais a mesma coisa, que nossas vidas estavam se distanciando. Nossas órbitas estavam se separando. Não tínhamos mais um só coração pulsando por nós dois. Foi como se os nossos mundos tivessem se distanciando de vez, sem a possibilidade de reaproximação. Senti claramente que nosso desenlace acontecia de forma branda, contínua e sem volta.

Fui então tomado por uma tristeza profunda. Olhei pela janela e vi as estrelas se apagando no céu. Senti a melancolia como uma brisa noturna que trazia arrepios, não de frio, mas de frustração. Eu me senti como se punhais ferissem de amargor o meu coração já tão combalido. Mantive os olhos fechados — eu não tinha coragem de olhar nos olhos da Cida — para segurar as lágrimas contidas sob minhas pálpebras. Para não anunciar antecipadamente a nossa separação. A minha tristeza era palpável.

Naquele estado de abatimento, fiquei inerte. Era como se eu estivesse afundando no colchão, sendo prensado pelo peso da dor de uma derrota. Eu e Cida estávamos nos perdendo sem que eu pudesse ter lhe dado uma vida mais digna, sem ter conseguido afastá-la do famigerado PM. Eu estava inconformado com a nossa separação. Para mim, era uma derrota. De repente, senti suas mãos secando as minhas lágrimas e logo o seu corpo sobre o meu. Cida colocou meu braço sobre as suas costas e me pediu para abraçá-la, o que eu fiz carinhosamente.

Comecei então a me entregar aos seus carinhos, e o meu corpo se incendiou a cada toque de seus dedos; a cada beijo que adocicava a minha boca e me fazia tremer.

Aquela era uma cerimônia de despedida, sabíamos os dois, e nós nos despediríamos da mesma forma que tínhamos vivido todos os nossos encontros. Nos entregamos aos prazeres dos nossos corpos, sentimos as nossas carnes se aquecendo com nossas volúpias. Foram duas horas de amor e de entrega incondicional.

Deixamos o motel em silêncio absoluto, calados por nossas tristezas profundas. Na medida que fomos nos aproximando da favela, Cida voltou a segurar a minha mão e sussurrou frases de despedida que me reservo o direito de não tornar públicas. São pessoais demais, só pertencem a mim e a ela. São palavras que expressaram todo o respeito, carinho e sonhos que sonhamos. A alegria e os prazeres que sentimos e, acima de tudo, o quanto fomos importantes um para o outro.

Quando estacionei o carro para deixá-la, eu chorava dominado por uma melancolia que jamais sentira. Ela por sua vez, ainda teve o carinho de enxugar novamente as minhas lágrimas, olhar nos meus olhos e, no último instante, murmurar:

— Obrigada.

Ao vê-la se afastando de mim de forma definitiva, os passos lentos levando para longe o corpo e a essência que deram tanto sentido a minha vida, debrucei-me sobre o volante do carro e chorei mais ainda. Além de minha tristeza, o questionamento sobre o que a vida reservaria para ela. Um futuro menos sombrio? Dias mais promissores? Ela era merecedora de tudo de bom que a vida pudesse oferecer.

Deixamos nossas vidas seguirem por estradas distintas, embora, em nossas bagagens, tenhamos levado sorrisos, alegrias e prazeres comuns. Lembranças que marcaram nossas vidas para sempre. Experiências que nortearam a minha existência e a dela também. A meu ver, aprendi muito mais com ela do que ela comigo. Tornei-me mais humano, solidário, passei a dar mais valor a tudo o que tinha e a me penalizar e solidarizar com aqueles que tinham tão pouco. Bens materiais são importantes, confortáveis, mas, para ser feliz, não é necessário muito. Basta viver em paz e estar de bem com a vida, confiante de que será possível enfrentar obstáculos, desafios e problemas de frente, sem hesitação. Mais do que tudo, o que aprendi com Cida foi uma lição de vida que me ensinou a enfrentar com muito mais consciência, coragem e confiança os meus próprios limites e perceber que o objetivo da vida não é só a felicidade individual, mas o compartilhamento de tudo de bom que ela nos proporciona.

SEGUNDA PARTE

Capítulo dezenove
A surpresa

Passados alguns anos, recebi um telefonema de Rui, em total euforia:

— Manel! Adivinha quem eu encontrei hoje na praia?
— Não sou adivinho, não faço a menor ideia.
— Pois tente! Mesmo sabendo que não vai adivinhar, porque será impossível. Mas vamos lá, tente! Pelo menos uma vez. — Ele não parava de me desafiar, de tão eufórico que estava.

Como não adivinhei mesmo, Rui pediu para que nós nos encontrássemos, porque queria me contar pessoalmente. Insisti que ele viesse a minha cobertura, mas ele não quis. Alegou que tinha que ser na rua, só nós dois. Um pouco contrariado, fui ao encontro dele, imaginando o que poderia ser. *Que novidade era essa que deixara meu primo tão alvoroçado?* Em nenhum momento me passara pela cabeça que a notícia pudesse ser tão surpreendente.

Ao encontrá-lo em um ponto de Icaraí, Rui continuou fazendo o maior mistério. Desafiava-me a descobrir quem ele tinha encontrado naquela tarde. Seu comportamento era por demais exagerado e descontraído. Abraçava-me e afirmava que eu teria um enfarto. Ficou um bom tempo com essas brincadeiras, até que eu perdi a paciência e exigi que dissesse o que tinha acontecido. Foi quando ele me olhou bem nos olhos e disse:

— É alguém quer que eu leve você à casa dela. E agora mesmo.
— Pelo amor de Deus, homem, quem?
— Você nem imagina.

— Porra, Rui. Fala logo! Deixa de viadagem.

— Vamos lá, eu vou te levar à mansão dela. Ela está te esperando. — Ele não abandonaria o suspense assim, tão facilmente.

Apesar de muito curioso, eu não fazia a menor ideia de quem poderia ser. Não conhecia ninguém que morasse em uma mansão em Icaraí. Fomos andando e, no pequeno percurso, Rui foi dando mais algumas informações que cada vez aumentavam minha confusão. Quando chegamos a um prédio antigo, com apartamentos de luxo, um por andar, ele parou e disse:

— Chegamos, é aqui. Preste atenção: Ela quer apresentar você ao marido dela.

— Pô! Que história maluca é essa, Rui? Fala logo quem é.

— Manel, encontrei com ela hoje mais cedo, e ela fez a maior festa. Pediu todas as informações a seu respeito. Só falava de você. Depois, me trouxe aqui, no apartamento dela, me apresentou ao marido, e foi o próprio marido foi que me pediu para te levar à casa dele para te conhecer.

A essa altura, eu já estava com a cabeça queimando. Não conhecia ninguém que fosse tão rica quanto Rui falava e, ainda por cima, com um marido para me apresentar. Era impossível associar as informações que ele me dava a alguém.

— Tudo bem, vamos lá. Vamos ver quem é essa pessoa e o marido dela.

Andamos para a portaria e, de repente, Rui parou e completou:

— Manel, o homem é milionário. O apartamento dele é cheio de obras de arte, pra tudo que é lado. Até no teto eu vi um quadro pendurado.

Ri da expressão de encantamento quase infantil de meu primo e respondi:

— Está bem, vamos conferir as pinturas também.

— Manel, eu fui ao banheiro perto da sala e tinha uns dez quadros na parede. Inclusive, tem um que está assinado *Picasso*. — Rui fez uma pausa. — Você conhece obras de artes, não conhece?

— Primo, não abusa mais da minha paciência. Você acha que alguém vai deixar um Picasso verdadeiro numa parede de banheiro? De arte eu entendo o suficiente para saber que jamais um colecionador guardaria uma obra de arte de milhões de dólares onde você está falando. Deve ser cópia, claro!

O porteiro solicitou que nós nos identificássemos. Meu primo disse o nome do dono da casa e, após a confirmação, fomos autorizados a subir.

Capítulo 20
O reencontro

Dentro do elevador, virei para Rui e perguntei:

— Fala aí, qual é a surpresa? De quem se trata? — Eu estava ficando apreensivo, continuava sem fazer a menor ideia de quem se tratava, e Rui estava mesmo decidido a levar a surpresa até o fm.

O elevador parou no andar desejado e, quando fui abrir a porta para sair, ela foi aberta por uma mulher resplandecente que me olhou com o sorriso tão feliz, que até hoje fascina minhas lembranças. Fiquei paralisado. Eu não estava preparado para tamanha surpresa. Fiquei parado, dentro do elevador, querendo acreditar no que eu estava vendo, mas com medo de que fosse uma mera visão.

Rui então, literalmente, me empurrou para fora do elevador, e eu fui recepcionado por Cida, que, de braços abertos, me acolheu e me apertou contra seu peito, num longo e carinhoso abraço. Não me contive e deixei que lágrimas de pura alegria rolassem por meu rosto. Foi um momento emocionante. Impossível colocar em palavras o que ele representou para mim.

Além da emoção, foi um momento de liberação. Sim, senti-me liberto de um sentimento de tristeza que se enraizara em meu peito desde o dia em que nos separamos. E de culpa também. Culpa por não ter conseguido lhe assegurar o melhor, em um momento tão difícil de sua vida.

Mas ali estava Cida, me surpreendendo mais uma vez. Ocupando uma posição muito além da que eu almejara para ela. Voltara a morar em Icaraí em grande estilo, um lugar de onde — lembro de comentar — ela nunca deveria ter saído.

Ficamos alguns minutos no corredor, nos refazendo do impacto causado pelo nosso reencontro e tentando conter as lágrimas de alegria. Pela mão, ela logo me conduziu pelo corredor até a porta principal de seu apartamento-mansão. Ao cruzar o portal, deparei-me com um ambiente sofisticado, com móveis e objetos de decoração de fino gosto. Como me dissera Rui, não se viam as paredes da imensa sala, de tão tomadas de quadros.

Cida me acomodou em um sofá confortável e foi chamar o marido, que queria me conhecer. Aqueles minutos de espera foram um pouco constrangedores. Ficar aguardando para ser apresentado ao marido de um antigo amor me fez sentir um pouco desconfortável.

Enquanto durou a espera, observei os quadros e reconheci alguns de Dejanira, Di Cavalcante e uma série de outros tão conhecidos quanto. Realmente o meu primo não havia exagerado. E pareciam obras genuínas. *Falta ver o Picasso no banheiro*, pensei.

O marido chegou acompanhado de Cida, que o apresentou efusivamente. Tranquilizei-me quando ficou claro que eu era bem-vindo. Logo em seguida, ela deu uma desculpa e se retirou para nos deixar à vontade. Eu estava de pé para cumprimentá-lo, e então nos acomodamos no sofá, de frente um para o outro. Com um pouco de cerimônia de minha parte, iniciamos uma conversa amigável, falando sobre assuntos diversos, até que o marido fez uma pausa e disse:

— Eu pedi para te conhecer pessoalmente, porque eu queria agradecer pelo que você fez por Cida. Ela me contou o quanto foi difícil e arriscado o relacionamento de vocês... Na verdade, eu também queria confirmar a sua existência, pois houve momentos em que achei que havia uma boa dose de exagero nas palavras dela. Mas agora, ao te ver aqui, acho que ela foi fiel ao que disse de você... sobre suas qualidades. Folgo em conhecê-lo pessoalmente.

A princípio, fiquei pasmo com as afirmações dele. Sem poder esconder a minha surpresa, agradeci por suas palavras e afirmei que faria tudo de novo, se fosse necessário, por ser ela uma pessoa muito especial.

Sorridente, o marido respondeu:

— Não tenho dúvidas quanto a isso. Cida é mesmo merecedora de todas as atenções e cuidados, embora seja uma pessoa que dispensa pesares, por se tratar de um espírito aguerrido, imbatível, e de uma nobreza sem par. Quando a conheci, logo percebi todas as qualidades que tinha e procurei fazer por merecê-la, por conquistá-la. Hoje, estamos juntos e felizes.

Surpreso com as declarações, cumprimentei-o pela união bem-sucedida e agradeci por tudo que ele fizera por ela também. Ofereceu-me um cafezinho, conversamos mais um pouco e, quando ele sentiu que eu estava bem à vontade, despediu-se, recomendando a Cida que aproveitasse para colocar a conversa em dia, e se recolheu em algum outro espaço daquele imenso apartamento. Cida o acompanhou, logo retornou irradiando alegria, e nós voltamos a nos encarar e rir da felicidade proporcionada pela surpresa do nosso reencontro. Eu estava um pouco surpreso pela diferença de idade entre eles — parecia ser bem grande, maior que a nossa —, mas não comentei nada a respeito.

Meu primo ficou uns minutos conosco e também logo se despediu, deixando-nos à vontade para, como recomendou o marido, colocarmos a conversa em dia.

Cida então me contou como conheceu o marido e me mostrou fotos da lua-de-mel na Europa. Depois, no iate da família. Contou-me sobre viagens aos estados Unidos, Canadá e outros países mundo afora. Fiquei fascinado com a guinada que a vida lhe proporcionara, levando-a para o exterior e depois trazendo-a de volta para a Praia de Icaraí.

Passados os efeitos da surpresa do reencontro, ao vê-la vivendo nababescamente num mundo de luxo e abundância — algo então inconcebível para quem morava numa favela, carente de tudo — tirei a dúvida que durante anos me afligira:

— E aquele famigerado PM? Que fim levou ele?

— Desapareceu. Não tive mais notícias dele, desde que eu e você terminamos o nosso relacionamento.

— Como?

Ela calmamente respondeu:

— Ele simplesmente parou de me procurar, depois daquele episódio no consultório dentário. Em seguida, logo que comecei a namorar o meu marido e deixei claro para ele, sem rodeios, quem era a Cida por quem ele afirmava ter se apaixonado, ele ficou tão indignado com tudo o que contei sobre o PM, que mandou chamar o chefe de sua segurança pessoal e tomou providências para que o monstro nunca mais aparecesse na minha vida. Como foi feita essa advertência, não sei se ele teria retornado ou não, mas, o importante é que nunca mais tive notícias dele. Desapareceu, graças a Deus.

"Assim como você, meu marido não se importou com a minha situação de favelada. Contei toda a história que você já sabe e mais a nossa própria história. Ele compreendeu tudo e foi muito bom comigo e com minha mãe."

— O que faz o seu marido? — perguntei.

— Ele é um grande empresário do setor de distribuição de gás, no Brasil. Aposentou-se há pouco e agora descansa sempre que pode. Ele é uma pessoa tão boa quanto você.

Surpreso com o elogio olhei fundo em seus olhos e sorri agradecido.

— Eu gostaria de ter feito mais, Cida. Mas, na época, não consegui.

— Não, meu querido. Fique tranquilo. Você fez o bastante. Acredite.

Ficamos em silêncio por alguns instantes, mergulhados nas lembranças ainda latentes em nossas almas. Fui então acometido por um desejo imenso de abraçá-la e reviver todas as emoções, alegrias e prazeres tão presentes nos nossos antigos encontros, quando percebi que nossa troca de olhares denunciava que esse desejo era recíproco. Tão profundo e verdadeiro quanto na nossa época do Ponto Cem Réis, o desejo entre nós parecia surgir novamente e estar prestes a se realizar não fosse pela inconveniência do local.

Aquele reencontro, percebemos, estava se tornando uma prova de resistência. A alegria de estarmos na presença de um e outro conflitava com a frustração de não podermos nos tocar, acariciar e nos possuir como era rotineiro na nossa época.

Cientes da posição perigosa em que nos encontrávamos, pensei duas vezes e decidi cortar qualquer possibilidade de expor Cida ao risco de sofrer nova mudança em sua vida. Controlei-me e desviei nossas atenções para outro assunto que, também por um bom tempo, me afligira:

— E a sua mãe?

O impacto da pergunta a fez voltar à realidade, abandonando o desejo que nos envolvia. Com o semblante tristonho e a voz repentinamente embargada, relatou-me os últimos anos de vida de sua mãe.

— Minha mãe resistiu o quanto pôde às dificuldades da vida, com a paciência e a tenacidade que só os fortes têm. Quando ela partiu, senti muito a sua falta e lamentei não ter beijado os seus pés e agradecido de joelhos todo o sacrifício que ela fez por mim. Pelo menos, ela resgatou a dignidade, voltando a morar bem, com todo o conforto e carinho que pude lhe dar. — Cida estava visivelmente emocionada. — Quando ela partiu, eu estava ao lado dela, de mãos dadas e, olhando em seus olhos, constatei que ela estava feliz e em paz. Era o que se podia esperar de alguém que nunca reclamou dos obstáculos e sofrimentos que a vida lhe impôs. Mesmo que eu não tenha conseguido compensá-la de todo o sacrifício e sofrimentos desumanos que suportou para me manter protegida e viva, acho que consegui, ao menos, retribuir o carinho que ela me dedicou até os seus últimos momentos de vida.

Ouvindo suas palavras, as lembranças daquela senhora esquálida e franzina — que, para mim, sempre seria a imagem do sofrimento — tomaram a minha mente e encheram o meu coração de respeito. Não tive como conter a lágrimas enquanto ela falava da mãe, e minha comoção só foi interrompida quando senti um toque suave no rosto. Eram as mãos de Cida tentando me confortar. Esse gesto me fez lembrar da nossa despedida no carro, próximo à favela. *Imaginei que aquela seria a última vez que nos veríamos, e não foi. Será que haveria outras despedidas?*

No mesmo momento, dei-me conta também de que Cida foi à mulher que mais me fizera chorar na vida, fosse de tristeza, fosse de alegria. Sorri depois dessa constatação que era a mais pura verdade. Aquela mulher tocava a minha sensibilidade o tempo todo.

Lembrei-me de seu pai, e perguntei por ele também. A resposta foi lacônica, mas sem resquícios de rancor ou de qualquer outro tipo de ressentimento.

— O meu pai... A última vez que eu o vi foi quando estive interna no colégio em Petrópolis. Depois disso, nunca mais tivemos notícias dele. Às vezes, tenho vontade de revê-lo. Mas não sei para quê ou por quê. Querendo ou não, ele deixou um vazio que me deixa confusa. Tenho um pai de quem jamais gostei e que pouco conheço. É uma sensação estranha e triste ao mesmo tempo.

Neste momento, considerei que o fato de Cida se envolver com homens mais velhos poderia ser atribuído à falta da figura paterna em sua vida. Surpreendeu-me que ela não sentisse nenhum rancor por ele, após ter sido abandonada e, o pior, fruto de um estupro sofrido pela mãe. Tentando mudar de assunto, perguntei ainda:

— E a sua casa, deixou para quem?

Esta pergunta a surpreendeu e fez com que ela se mexesse no sofá. Olhando-me nos olhos, respondeu:

— Para ninguém, está lá. O governo vai acabar com a favela, construir casas populares, e eu me cadastrei para ter o direito de manter o meu patrimônio. Afinal de contas, boa parte da minha vida está lá naquele lugar. Construí aquele barraco com as minhas mãos, com muito sacrifício, e não posso deixá-lo para trás.

— Cida, tudo bem, eu entendo a importância dele para você, mas você não *precisa* mais se preocupar com moradia. Veja só onde vive! — Cabisbaixa, e olhando para o chão, ela desabafou:

— Meu amor, a minha vida já deu tantas voltas, que não me permito pensar que, talvez, um dia, eu não vá precisar daquele cantinho novamente, entende? Então, por segurança e experiência de vida, eu vou manter o meu pouso seguro na Maverói.

A minha admiração por ela não coube entro de mim e nem dentro do imenso apartamento em que estávamos. Eu me questionei como uma pessoa poderia imaginar, ou melhor, aceitar com tanta naturalidade a possibilidade de uma outra reviravolta tão drástica em sua vida.

– Você tem visitado a Maverói e os amigos de lá?

— Sempre que posso. Aliás, lembra daquela senhora que te salvou de um encontro com o PM, tapando a tua boca com a mão?

— Lembro. Claro que lembro. Não vou esquecer nunca dela e muito menos do sufoco de ver um criminoso tão de perto de mim. E sair ileso, claro, graças a ela.

— Pois ela está bem, dentro das possibilidades. Na última vez que a visitei, ela perguntou por você, eu disse que você tinha voltado para o seu mundo e que eu acreditava que estaria bem. — Cida tomou fôlego. — Todos estão ansiosos pela derrubada da favela para construir as casas populares, e os que moram lá terão direito a uma unidade de tijolo e cimento. O aspecto físico vai melhorar muito, mas as condições sociais básicas, essas eu não sei... Acho que não mudarão muito não. Infelizmente.

Notei que Cida se preocupava com a comunidade em todos os sentidos. Talvez, por ela não pertencer àquele mundo, nunca tenha se acomodado e nem aceito passivamente as imposições que ele lhe impusera. Era, no entanto, grata às pessoas que se mostraram amigas e importantes para ela, principalmente aquelas que a ajudaram a sobreviver superando as dificuldades do dia a dia.

— Cida, não vejo a menor possibilidade de um dia você voltar para a Maveroi, não mesmo. Você está bem aqui, tem uma vida estável e segura.
— Eu não estou tão segura quanto você pensa. E tenho sérios problemas aqui também.
— Que problemas? O seu marido me impressionou pelo carinho e cuidados que demonstrou ter por você.
— Sim, ele tem. Mas você percebeu que a nossa diferença de idade é grande e, certamente, grande o bastante para incomodar a família dele. A família acha que eu sou uma oportunista e, consequentemente, não me aceita. Alguns até se afastaram daqui. Por causa disso, por duas vezes tentei desfazer o nosso casamento, mas o meu marido não aceita. Ela alega que tem o direito de viver com quem bem entende e que nada vai mudar a sua decisão. — Cida me respondeu, com voz de cansaço.
"O pior é o filho dele. Um homem sem escrúpulo que insiste em me seduzir. Diz que se eu me deito com o pai dele, posso deitar-me com ele também. É tão cafajeste, que daqui a pouco não vou ter como evitar e terei que desmascará-lo. Isso, certamente, terá consequências. "

Ao ouvir esta afirmação, fiquei possesso. Reagi imediatamente, perguntando se ele morava ali, para eu o enfrentar e bater nele sem piedade. Não sabia ao certo o que aconteceria, caso o tivesse encontrado, mas eu estava fora de controle. Foi como se toda a minha revolta e ódio acumulados há anos por aquele PM tivessem aflorado como uma erupção vulcânica. Foi como se, mais uma vez, eu assumisse a posição de guardião da Cida. E então me dei conta de que aquela bela mulher com toda sua força, determinação, coragem e firmeza, não precisava de mim nem de ninguém para se defender. Ela era uma guerreira e não se deixaria abater. A minha ajuda poderia representar um gesto de cuidado e carinho, mas seria irrelevante diante de sua natureza aguerrida e destemida.

Cida abraçou-me fortemente quando viu o meu estado, e, na medida em que fui me acalmando, senti o calor dos nossos corpos se fundirem. A pressão dos seus seios contra o meu peito. Nossos olhares fixos um no do outro.

Então, mais uma vez, uma preocupação maior: a imagem de sua nova vida e a da minha família surgiu forte na minha consciência, fazendo-me ponderar o quanto seria sensato ou não, tornarmos a nos envolver. Afastei-me um pouco, cortando a energia que nos cercava, até recuperar o controle, desviar os olhos dela e falar sobre outros assuntos.

A minha visita já se estendia por quase duas horas, e os assuntos não se esgotavam. Em uma pequena pausa, pedi para usar um banheiro, e ela me levou ao mais próximo da sala. Ao entrar, dei de cara com o Picasso tão comentado por meu primo e, atendendo a um pedido sei, analisei o quadro, mas sem chegar à conclusão alguma sobre se era verdadeiro ou não. Eu não tinha conhecimento técnico para tanto e nem me importava mais. O que eu queria, era retornar à sala e para Cida.

Estava chegando a hora da nossa despedida e, como o desejo de reviver nossos encontros não desaparecia, eu, num ato impensado, daqueles de puro impulso, convidei-a para um encontro no dia seguinte, na hora e no lugar de sempre — na pensão! Ao ouvir o convite, Cida fixou os olhos nos meus, apertou a minha mão com força e deixou transparecer um sim.

***

Essa história foi a mais marcante de minha vida. Ao vivê-la, tive a certeza de que, apesar das voltas que o mundo dá, quando duas pessoas se amam de verdade, o carinho, o respeito e a amizade que uma vez sentiram uma pela outra são eternos.

Vivo até hoje com doces lembranças que me fazem reviver cada segundo da nossa trajetória. Meus olhos ainda lagrimejam quando me lembro das passagens mais tristes, e sorriem quando revejo os vários momentos de alegria e prazer que vivemos entre as quatro paredes dos diversos motéis que frequentamos.

Se tudo o que narro aqui, antes, se limitava apenas à minha mente e ao meu coração, hoje, se imortaliza sob a forma deste livro que ofereço a Cida como um tributo a quem ela é e a tudo o que vivemos juntos.

FIM